国际大奖小说

城堡的秘密

Moka Le petit cœur brisé

[法] 摩　卡 / 著
李　双 / 译

新蕾出版社

图书在版编目（CIP）数据

城堡的秘密/(法)摩卡著;李双译.
—天津:新蕾出版社,2011.5(2022.5重印)
(国际大奖小说)
ISBN 978-7-5307-5103-9
Ⅰ.①城…
Ⅱ.①摩…②李…
Ⅲ.①长篇小说-法国-现代
Ⅳ.①I565.45
中国版本图书馆CIP数据核字(2011)第060922号
Original title: Le petit cœur brisé
Text by Moka

津图登字:02-2010-265

出版发行:新蕾出版社
http://www.newbuds.com.cn
地　　址:天津市和平区西康路35号(300051)
出 版 人:马玉秀
电　　话:总编办(022)23332422
发行部(022)23332351　23332679
传　　真:(022)23332422
经　　销:全国新华书店
印　　刷:天津新华印务有限公司
开　　本:880mm×1230mm　1/32
字　　数:81千字
印　　张:4.25
版　　次:2011年5月第1版　2022年5月第27次印刷
定　　价:24.00元

一辈子的书

梅子涵

亲近文学

一个希望优秀的人，是应该亲近文学的。亲近文学的方式当然就是阅读。阅读那些经典和杰作，在故事和语言间得到和世俗不一样的气息，优雅的心情和感觉在这同时也就滋生出来；还有很多的智慧和见解，是你在受教育的课堂上和别的书里难以如此生动和有趣地看见的。慢慢地，慢慢地，这阅读就使你有了格调，有了不平庸的眼睛。其实谁不知道，十有八九你是不可能成为一个文学家的，而是当了电脑工程师、建筑设计师……可是亲近文学怎么就是为了要成为文学家，成为一个写小说的人呢？文学是抚摸所有人的灵魂的，如果真有一种叫作“灵魂”的东西的话。文学是这样的一盏灯，只要你亲近过它，那么不管你是在怎样的境遇里，每天从事

怎样的职业和怎样地操持，是设计房子还是打制家具，它都会无声无息地照亮你，使你可能为一个城市、一个家庭的房间又添置了经典，添置了可以供世代的人去欣赏和享受的美，而不是才过了几年，人们已经在说，哎哟，好难看哟！

谁会不想要这样的一盏灯呢？

阅读优秀

文学是很丰富的，各种各样。但是它又的确分成优秀和平庸。我们哪怕可以活上三百岁，有很充裕的时间，还是有理由只阅读优秀的，而拒绝平庸的。所以一代一代年长的人总是劝说年轻的人：“阅读经典！”这是他们的前人告诉他们的，他们也有了深切的体会，所以再来告诉他们的后代。

这是人类的生命关怀。

美国诗人惠特曼有一首诗：《有一个孩子向前走去》。诗里说：

有一个孩子每天向前走去，
他看见最初的东西，他就变成那东西，
那东西就变成了他的一部分……

如果是早开的紫丁香，那么它会变成这个孩子的--

部分;如果是杂乱的野草,那么它也会变成这个孩子的一部分。

我们都想看见一个孩子一步步地走进经典里去,走进优秀。

优秀和经典的书,不是只有那些很久年代以前的才是,只是安徒生,只是托尔斯泰,只是鲁迅;当代也有不少。只不过是我们不知道,所以没有告诉你;你的父母不知道,所以没有告诉你;你的老师可能也不知道,所以也没有告诉你。我们都已经看见了这种“不知道”所造成的阅读的稀少了。我们很焦急,所以我们总是非常热心地对你们说,它们在哪里,是什么书名,在哪儿可以买到。我就好想为你们开一张大书单,可以供你们去寻找、得到。像英国作家斯蒂文生写的那个李利一样,每天快要天黑的时候,他就拿着提灯和梯子走过来,在每一家的门口,把街灯点亮。我们也想当一个点灯的人,让你们在光亮中可以看见,看见那一本本被奇特地写出来的书,夜晚梦见里面的故事,白天的时候也必然想起和流连。一个孩子一天天地向前走去,长大了,很有知识,很有技能,还善良和有诗意,语言斯文……

同样是长大,那会多么不一样!

自己的书

优秀的文学书,也有不同。有很多是写给成年人的,也有专门写给孩子和青少年的。专门为孩子和青少年写文学书,不是从古就有的,而是历史不长。可是已经写出来的足以称得上琳琅和灿烂了。它可以算作是这二三百年来我们的文学里最值得炫耀的事情之一,几乎任何一本统计世纪文学成就的大书里都不会忘记写上这一笔,而且写上一个个具体的灿烂书名。

它们是我们自己的书。合乎年纪,合乎趣味,快活地笑或是严肃地思考,都是立在敬重我们生命的角度,不假冒天真,也不故意深刻。

它们是长大的人一生忘记不了的书,长大以后,他们才知道,原来这样的书,这些书里的故事和美妙,在长大之后读的文学书里再难遇见,可是因为他们读过了,所以没有遗憾。他们会这样劝说:"读一读吧,要不会遗憾的。"

我们不要像安徒生写的那棵小枞树,老急着长大,老以为自己已经长大,不理睬照射它的那么温暖的太阳光和充分的新鲜空气,连飞翔过去的小鸟,和早晨与晚间飘过去的红云也一点儿都不感兴趣,老想着我长大

了,我长大了。

“请你跟我们一道享受你的生活吧!”太阳光说。

“请你在自由中享受你新鲜的青春吧!”空气说。

“请你尽情地阅读属于你的年龄的文学书吧!”梅子涵说。

现在的这些“国际大奖小说”就是这样的书。

它们真是非常好,读完了,放进你自己的书架,你永远也不会抽离的。

很多年后,你当父亲、母亲了,你会对儿子、女儿说:“读一读它们,我的孩子!”

你还会当爷爷、奶奶、外公和外婆,你会对孙辈们说:“读一读它们吧,我都珍藏了一辈子了!”

一辈子的书。

目录

城堡的秘密

Moka Le petit cœur brise

第一章

家庭

生命如此脆弱，梅奈尔的父母在一次车祸中被夺去了生命，但愿天堂里没有车来车往。那时的梅奈尔才刚刚一岁，如今的她对父母的离去已经没有太多印象了。

四岁时，外公去世，这份记忆在梅奈尔的脑海中也已经逐渐模糊。

而今梅奈尔已然是一个十一岁的小姑娘，外婆不久之前也离她而去。至于爷爷奶奶，她觉得仿佛从来没有存在过，因为没人曾向她提起过他们，梅奈尔认为爷爷奶奶应该也都已经去世了。

梅奈尔在放置棺木的房间里待着。棺木已经被盖上，但梅奈尔知道外婆就在里面。房间隔壁的客厅里，有很多身着黑衣的人在大声聊天儿，并且他们还在吃着东西。没有人过来照顾梅奈尔，不过这对她倒没什么影响，因为从来都没有人关心她。

外婆就在这间巨大的红砖瓦房里抚养梅奈尔。她对所有人都说她把自己的外孙女照料得不错。她还时不时地做个鬼脸补充说道："这小东西对于一个独自生活的女人来说真够折腾的，而且我也不是年轻力壮的年纪了。"

梅奈尔也不知道自己到底是怎么折腾了，她从来不去打扰外婆。因此她不相信外婆说的这番话。

她每天都去上学，在学校食堂里吃午饭，晚上回家吃晚饭，饭菜由家里的女仆准备。吃完饭后，她就直接上楼回到自己的卧室。只有每周日外婆接待客人的时候梅奈尔才能见到她，因为那个时候外婆要带她一起见客人。

可是现在，梅奈尔再也见不着外婆了，即使是周日也不能。实际上，这也没带来多大变化。她一直觉得自己仿佛是透明的，人们都看不见她，仿佛他们透过她的身体张望着别的东西。在小学的时候梅奈尔只有一个朋友，到初中时情况更糟，没有人跟她聊天儿，甚至老师们都不和她说话。

这天，她是隐形的。客厅到处是人，可没有一个人看到梅奈尔。她是不是该上楼待着呢？外婆的棺木对她来说毫无意义。她是不是该大哭一场呢？

女仆帮她穿上校服，海蓝色裙子和羊毛衫。她还以为今天上午有课。原来她错了，她要去参加外婆的葬礼。

人们等着吃完东西好将棺木下葬。

梅奈尔觉得对着即将安葬的死去的人吃东西很奇怪。

她一点儿也不饿。

而人们忘了带梅奈尔去墓地。

屋子里空荡荡的，客厅还没来得及收拾，好在梅奈尔有足够的食物。像往常一样，她随便吃了两口然后就上楼睡觉去了。

会有人去照顾她吗？或是就把她一个人丢在屋里？她甚至都不确定女仆会回来。

梅奈尔对着浴室的镜子梳理着自己的褐色头发。她看着自己的脸蛋儿，不漂亮，苍白的皮肤，凹陷的双眼，没什么特点的鼻子，薄薄的嘴唇，身体瘦得几乎成畸形；一边肩膀高，一边肩膀低；两条腿就像僵硬的拐杖。但如此瘦小的身躯却有一双巨大无比的脚丫。难怪没有人喜欢她。

她爬上床睡觉，整晚都没有做梦。

有人摇了摇她。梅奈尔睁开眼，原来是女仆布里吉特。

“穿上衣服，”女仆说道，“楼下有几位重要的客人。”

梅奈尔高兴极了，毕竟人们没有完全忘记她。布里吉特在屋里拖着身子半天没有离开，梅奈尔也不知道她为什么这样。布里吉特站在那里左右摇摆着身子，有些迟疑。突然，她将手伸进围裙的口袋里，走到小女孩的身边，一把抓住她的手腕，差点儿没把她吓着。布里吉特将手塞进她的手里，梅奈尔觉得手心上多了什么东西。

“拿着，”布里吉特说道，“这是给你的，而且本来这就是你的……听着，你不能和任何人说起这件事，我怕惹来麻烦……因为……这是我从……我从你外婆的遗体上取下来的。偷窃是犯法的，尤其是从死去的人身上。可你应该知道，这不是偷窃……因为我想这是属于你的。我之所以把这个取下来……是因为我担心……别人把它拿走不给你。”

梅奈尔看了看手上，是一条项链，底部有个金色的坠子。她只见外婆戴过一次，还没来得及去打量到底是什么玩意儿，外婆就把它藏在衣服里了。

“可它已经碎了。”梅奈尔说道。

项链坠子呈桃心状，表面凹凸不平没有任何装饰，内部是空心的。这曾经是个纪念章，但现在正面的头像已经不在了。

“我知道，”布里吉特答道，“但是你外婆却一直戴着它，不离不弃，她从没告诉我这是为什么。我不想别的什

么人把它拿去。”

“谁?”梅奈尔问道,“别的什么人?”

“就是楼下那些人……”布里吉特吹口气道,“把它藏好了。”

梅奈尔把项链戴到脖子上,高领羊毛衫一遮别人就看不到了。布里吉特这才放心。

“要是有人问你,你就说是外婆临终前把项链坠给你的。懂了吗?来吧,现在,他们在等着呢。”

这次布里吉特搞错了,没有人在等梅奈尔。书房的门关着,但可以听到一些人情绪激动、焦虑不安的声音。布里吉特犹豫一会儿,最后决定:

“就在这儿坐着,会有人过来找你的。”

“可这些人到底是谁?”

“你的亲戚。”布里吉特以一种鄙夷的语气回答道。

“我……我还有亲戚?头条新闻。”

布里吉特耸了耸肩。她很清楚这些亲戚都是什么货色,只有在葬礼上才会出现,甚至……

“他们在屋里宣读你外婆的遗嘱呢,”布里吉特说道,“关系多少有点儿远的亲戚。我去收拾客厅,你待在这儿别动。”

梅奈尔双手交叉放在膝盖上,耳朵竖得直直的,等着可能有人叫她。

第二章

照片与老猫

梅奈尔坐在格朗蒂埃姐妹俩——艾迪和格蕾琴雷诺车的后面，她看着布里吉特关上屋门。铁制的百叶窗已经合上了。在马路的拐弯处，这片她一直生活而且熟悉得不能再熟悉的地方从眼前消失了。

格朗蒂埃姐妹俩聊着天儿。和以往一样，梅奈尔还是被排除在外的，她只好选择睡觉。等她醒来时，汽车已经停在一个地下停车场里。她什么也看不见，只能像个幽灵似的跟着她们。艾迪把她带到一间书房，那里有一张沙发床。

“希望你不讨厌猫。”艾迪说。

“我也不知道。”梅奈尔答道。

猫咪抬起头向屋里走，梅奈尔看着它们：一只黑灰色的胖猫，还有一只白色与红棕色相间的小猫。

“晚上想吃点儿什么？”

“不知道。”梅奈尔答道。她对这两只猫很感兴趣。

“你喜欢吃什么呢?”

梅奈尔将两只眼睛睁得大大的,满脸疑惑,从没有人问过她喜欢吃什么。艾迪叹了口气。

“鸡肉,再来点儿煎土豆?”

“好的,夫人。”

“艾迪,叫我艾迪就行。”

“那这些猫叫什么名字呢?”

“棕色的叫博卡欧达。那只安哥拉猫叫马尼埃。你可以把你箱子里的东西放到壁橱里。嗯,还有,浴室在走廊尽头。”

艾迪走出房间去准备晚饭。马尼埃跳到沙发上,然后将一只爪子放到梅奈尔的膝盖上。梅奈尔犹豫一小会儿伸出手抚摸起猫来。马尼埃就在她身边闭上眼睛睡起觉来。梅奈尔开心地笑了,至少屋子里有了一个朋友。

格蕾琴胃口很大。梅奈尔见她很快就把两个鸡腿吃下去,惊讶不已。

“你不饿吗?”艾迪问。

“我差不多饱了。”

“好啊!”格蕾琴叫嚷道,“难怪你瘦得跟钉子似的!如果你想长个儿,就得多吃点儿。可你看你现在的样子!”

“我的样子是很丑。”梅奈尔确认道。

“你要是胖点儿会好些。”格蕾琴答道。

梅奈尔不相信长胖点儿就能变得好看。只要长得丑就会一直丑下去。

“屋里有好多照片啊。”她注意到。

“我俩都是摄影师，”艾迪笑着说，“我们曾经周游世界四次！你看这张照片，就是这张老虎在攻击野牛的照片，曾经发表在《国家地理》上！”

梅奈尔对于《国家地理》一点儿概念都没有，不知那是什么玩意儿，但是她看艾迪满意的语气，猜想这应该是很重要的东西。

“多珍贵的回忆啊！”艾迪继续说，“是格蕾琴拍摄到这张照片的，不过之后她很害怕当时如果突然间猝倒怎么办。我也很害怕，不过我倒没有发作性睡眠症。”

梅奈尔之后了解到发作性睡眠症是一种睡眠方面的疾病，而猝倒是这种病的后果。格蕾琴任何时候都可能倒下，不能移动，但不是完全失去意识。但是格蕾琴很固执，她决定不能对命运屈从，疾病不能阻止她对所向往的生活的憧憬。

“最糟糕的就是开怀大笑，”格蕾琴说，“一分钟内我就会倒下。”

“你最喜欢哪张照片？”艾迪问。

梅奈尔觉得应该说老虎那张，这样艾迪一定会很开

心。但她不是个爱说谎的孩子，她用手指指向正对着的墙面上的照片。

“这张马尼埃在花丛里的照片。”

“这张？”格蕾琴抗议道，“这张一文不值，这只是我们的小猫的照片！”

艾迪微笑着点点头。

“别听她的。你有权喜欢任何一张。”

梅奈尔觉得自己喜欢的就是马尼埃把爪子放在她的膝盖上。

第二天早上，梅奈尔穿上自己的校服准备去学校。格蕾琴早已经起床了，她会分时段地失眠，这是她发作性睡眠症的另一个后果。梅奈尔出现在厨房门口时，格蕾琴恐惧地大叫一声。

“你这是什么啊？”

“是我。”梅奈尔回答道。她已经习惯被这位老妇人当作什么令人恐惧的东西。

“不是！这！这！我是说这海蓝色的不成形的玩意儿！”

“我的校服吗？这是我们学校的校服。”

格蕾琴沉默了几秒钟。学校，应该把那些淘气的孩子送到学校！

“这可不行，”格蕾琴说，“我绝不同意你去那种强迫

你穿这么不得体的衣服的学校。对于有品位的人来说，这简直是种侮辱。不管怎样，我们也不会开车送你去一百公里远的学校！快脱了这俗气的衣服，我要把它烧了！艾迪！艾迪！我们要给梅奈尔找所新的学校！”

艾迪从卧室出来，拖着脚步。早起对她来说可不是什么容易的事。

“为什么要换学校？”她打着哈欠说。

格蕾琴转过身看着小女孩。

“是啊，真的，为什么要换学校？”

“因为所有的孩子都要去学校啊！”梅奈尔考虑一会儿答道。

“荒唐！”格蕾琴说，“他们总拿一大堆一生都用不上的知识来骗你！”

格蕾琴决定自己教育梅奈尔。就像她认为梅奈尔所有的衣服都奇丑无比，需要买一些牛仔服和运动鞋或许还应该买一顶印有丁丁[①]头像的帽子。梅奈尔看着她把自己褶皱的裙子、白色衬衣、海蓝色长袖羊毛衣还有漆皮的皮鞋扔了。接着她被拖着在城市的所有商店里转悠，最后在一家快餐店里吃了一个汉堡。长这么大她还是第一次吃。

---

①丁丁是比利时漫画家《丁丁历险记》里的主人公。

“还有件事要做，”格蕾琴宣布道，“现在，去买精神食粮！我们去中心书店。”

梅奈尔原以为要为她买上课用的教材。艾迪却从柜台上拿了二十五册各种类型的连环画，格蕾琴则抢光了青少年文学类书架上的书。为了凑个整数，她又加了本介绍欧洲鸟类的百科全书。

下午剩下的时间，梅奈尔就一边听格朗蒂埃姐妹俩聊着世界奇观，一边看着《国家地理》盒式光盘。马尼埃躺在她的膝盖上。

晚饭，她很快就吃完了诺曼底制法的小牛肉片，还吃了三个苹果塔。

晚上睡觉，马尼埃蜷缩着躺在她怀里。梅奈尔脸色红润、面带微笑地进入了梦乡。她梦到老虎和秃鹰，还有印有丁丁的帽子。

格朗蒂埃姐妹没有我们想的那样古怪。她们通知学校梅奈尔不再去上学了。格蕾琴制定了一项学习计划，包括数学、法语和几门外语。艾迪为她预留了去图书馆和游泳池的时间。而梅奈尔不会游泳令艾迪遗憾极了。

布里尔先生跟她们取得联系以便寄来德·阿维庸·福希埃夫人——梅奈尔的外婆留给她们的相册和珠宝。他笑着说那几位“亲爱的侄子侄女”都被各自的律师撵

走了，因为没有人能拿出证据证明财产归他们所有。财产从他们眼皮底下消失了。

接下来需要与财产监护官员见面。

姐妹俩去之前好好儿打扮了一番。财产监护官员是位女士，很亲切地接待了她们。她手头上有四十份棘手的文件需要处理，没有太多时间花在梅奈尔·库尔耶身上。她把担保书交给监护人，并且将文件寄给行政人员，这样她们就可以支配财产。最后她还花了点儿时间单独和梅奈尔见了个面。

“两位格朗蒂埃女士对你好吗？”她问道。

“是的，夫人。”

“你能再多说点儿吗？没人会知道，这儿就我们俩。”

梅奈尔想了想。格蕾琴警告过她，如果财产监护官员不相信她所说的话，那她就有可能被送到孤儿院。

“我开始用冲浪板学习游泳，”梅奈尔说，“我很喜欢马尼埃，还有我的红色运动鞋。”

财产监护官知道了马尼埃是只很听话的母猫；艾迪给梅奈尔买了一个带变焦的照相机，下周六就带她到动物园去照相；梅奈尔会用英语、意大利语和西班牙语说“请给我来杯茶”，还会用阿拉伯语说“我的骆驼渴了”。

周日她会去天文馆，因为格蕾琴觉得学习天文知识是让她了解数学、物理还有诗歌用处的最好方式。

梅奈尔说得头头是道，财产监护官脸上露出了灿烂的笑容。因为无数支离破碎的家庭还有心灰意冷的孩子曾来到她的办公室，而看到这个小女孩手上到处是墨迹（因为她要展示如何画一只猫），她也感到很开心。因此没有什么可担心的了，财产监护官让梅奈尔和两名监护人回家了。不过她却不知道梅奈尔已经不再去学校上学了。

格蕾琴拿着珍珠项链打量着。

“拿这个干什么呢?珍珠，带上这个可真成老太婆了！”

“你以为你是谁啊？”艾迪答道，“我可得提醒你，你已经六十六岁了！”

“我还没老成那样！这些耳环，嗯，倒还不错。如果梅奈尔喜欢的话，就把它们都留给她吧。”

“克拉丽丝（梅奈尔的外婆）给我们留了这些东西让我很惊讶……”艾迪说，“我是想说，一些有价值的东西！甚至我觉得她想得太周到了，竟把相册留给了我们。”

格蕾琴把项链放到桌上，把三本碎纹皮质相册拿到面前。棕色的名叫博卡欧达的猫追着项链玩起来……

“哎！这可都是些古董级的相片！”格蕾琴打开第一本，“我敢保证这张是1900年以前照的！”

“博卡欧达！”艾迪叫道，“快放下，这可不是老鼠！”

艾迪抢在前面把珍珠项链和耳环收起来，以防猫咪把它们弄到碗橱下面不见了。

“无论如何，这些照片很有意思，”格蕾琴承认道，“都是家族的照片……看这张，这是克拉丽丝父亲的照片！梅奈尔和他的眼神一样。”

“一点儿也不像，”艾迪答道，“梅奈尔的眼神跟她母亲的一样。”

“我是跟你说眼神！这种目不转睛盯着人看的眼神！小时候，我可没少被这男人的眼神吓着！维克多舅舅！难以想象咱们的妈妈竟是这种人的妹妹……啊，你怎么在那儿待着，梅奈尔？”

梅奈尔背贴着走廊的墙站着，被吓了一跳。她感觉像是做了坏事被抓到，却又不清楚到底为什么。

艾迪做了个手势叫她过来。

“你看过这些相册吗？”

“没。这些都放在外婆的屋里，我不能进去。”

“过来看看。这是你外曾祖父维克多·德·阿维庸。”

“他是哪种人？”梅奈尔问。

“卑鄙的家伙，”格蕾琴答道，“他对所有的人都很刻薄。他把克拉丽丝关进仓库惩罚她，甚至用皮带抽打她。你外婆不一定是世界上最完美的人，但是也绝对不该如此对她，即便要惩罚也应该轻点儿。她的童年肯定是最

痛苦的，我向你保证！”

梅奈尔一点儿也不希望自己的眼神像这样卑鄙的人。她沉下脸来。艾迪总是在各方面都观察入微，她伸出手搂着小姑娘的腰。

“你跟他不像。一张照片而已，总能欺骗我们的眼睛。”

“那我的眼睛像妈妈的眼睛吗？”梅奈尔问。

“那当然！”艾迪说。

“那她也一样丑了？”

艾迪没预料到她会这么问，一时不知该怎么回答。格蕾琴比平时机灵很多，接过话茬儿。

“是，的确如此。我们的侄女露易丝……你妈妈，她跟你一样瘦弱，凹陷的眼睛，还有扁得快看不着的鼻子！即便是出于善意，也很难在她身上找到迷人之处。但是年龄总会和人们开奇特的玩笑……她的鼻子长高了，你想象一下！在她清秀的脸蛋儿上高高的鼻梁！啊！简直不能再漂亮了。然后，一只真正的长颈鹿！我说什么来着！就像一根电线杆！十五岁时，她不过还是个平凡无奇的小姑娘。我可真是一点儿也不看好她。真的，你信不信，二十岁时，她就成为当地最漂亮的女孩了。她就……怎么说呢？完全绽放了。就好像风信子，一株风信子，没有比它更丑的了，巨大的鳞茎从土里发芽……接着突然一天，它绽放出最美丽的花朵，迷人极了。”

“那我也会绽放吗?”梅奈尔问。

“别做梦了。”格蕾琴答道。

“格蕾琴!”艾迪不满道,“她开你玩笑呢。你当然也会绽放出美丽的一面啦!”

“有些花会开得晚点儿,”格蕾琴说,“恐怕你还要等十年。需要等这么长时间。”

“嗯,没关系……我都已经等了这么多年了。”

梅奈尔不自觉地打开咖啡色的相册,里面夹着些杂乱不堪的报刊文章,时间久了,都被相册压烂了。她还没来得及再看看,艾迪就突然间把相册合上了。

“好了,别老看了!”她说,“该吃晚饭了!”

她把相册夹在腋下站起身,好像什么也没发生一样。她并没有朝厨房走去,而是去了自己的卧室。回来的时候,手里的相册不见了。梅奈尔一句话也没敢说。

但她注意到了艾迪吃惊的表情,艾迪还快速扫了一眼她的妹妹。格蕾琴低下头来。

屋子里静悄悄的。格蕾琴吃了点儿安眠药睡觉去了。梅奈尔在床上坐着,马尼埃舔着她的小手。眼神的事情弄得她心烦意乱。她做了个决定。她悄悄走进客厅,没有发出一点儿声音,忠心的马尼埃一直跟着。她先打开灯,又小心翼翼地把放着两本相册的柜子打开。她找到

外曾祖父维克多·德·阿维庸的照片，用格朗蒂埃姐妹俩挑选幻灯片时使用的放大镜仔细观察。她真的和他的眼神一样吗？她看不出来，只好翻了翻外曾祖父其他的照片，忽然在一张照片上停了下来。

照片里有一个花园，背景是幢从没见过的屋子，两个小女孩坐着，有一个差不多十来岁，梅奈尔认出来这是她的外婆克拉丽丝。尽管那时候还很小，但外婆严肃的表情就已经很显老了。另一个小姑娘不过五六岁的样子，有一头齐腰的长发，一双略微凹陷、忧郁而且深邃的眼睛。啊，眼神！

"跟我一样的眼神。"梅奈尔觉得。

小女孩的脖子上挂着一个心形的挂坠。

"我的挂坠。"

或者更确切地说，是完整而尚未破碎的挂坠。那条从外婆遗体上偷来的项链，梅奈尔刚来就把它藏进卧室壁橱顶里面了。她自己也不清楚为什么要这么做。她有点儿害怕，所以没敢带着它，尤其是怕别人问起来。她天生就不会说谎，也不想给布里吉特带来麻烦。

挂坠上刻着东西，但是很难看清楚到底是什么。在放大镜的帮助下，费了半天劲，梅奈尔才勉强猜出纵横交错的装饰线条里有个字：

汉字"梅"。

第三章

梅奈尔，梅奈尼

早餐的时候，梅奈尔问起妈妈的事情。实际上，格朗蒂埃姐妹俩对她妈妈也知之甚少。她俩很少去拜访梅奈尔家，除了去参加葬礼……露易丝与自己的母亲关系不是很好，很早就离开了家。她很晚的时候才与菲利普·库尔耶结婚。关于这个男人的出身，她俩也不知道。然后就发生了车祸这一惨剧……

“你们这家人都英年早逝……”艾迪叹息着说，“你的外公……心脏病突发去世。克拉丽丝……六十八岁时动脉破裂，太痛苦了。”

“我可不想那么早就死，”格蕾琴说，“另外，那个老家伙……舅爷维克多，他却活了八十岁。恶人反而能高寿！”

“这样看起来你倒是很幸运了。”艾迪答道。

梅奈尔把手伸进牛仔裤的口袋里，拿出一块破碎的心形挂坠放到桌子上。

“这是外婆的，”她解释说，“是保姆拿给我的。”

她细心地观察她们的反应，但是什么也没有发生。她只好找出相册给她们看照片。

“和这个一样，”她用手指着照片说，“只不过现在这项链碎了。我知道这个人是外婆。可是这位带着项链的人是谁？”

“唉，天哪！”艾迪叹着气，“我本来不想跟你提起这件事……”

“那就说吧！”格蕾琴叫喊着，“你觉得会有什么后果？这都是那个时代的事了……已经不重要，都过去了。这是……她就是你姨外婆，克拉丽丝的妹妹。”

“我猜想她应该去世了。”梅奈尔说。

“我们也不知道，”格蕾琴回答道，“她消失了。”

艾迪站起身，走进卧室，回来的时候手中拿着第三本相册。她把相册打开。夹在里面的报纸都破旧不堪，稍微一碰全是灰。好在艾迪还是展开了一张。

“1946年8月6号。”梅奈尔读着。

“是啊，”艾迪说，“1946年夏天……你姨外婆梅奈尼不见了。接下来很长一段时间人们都在找她。捞遍了整条河，问了几十个人，甚至等有人来要赎金……但什么都没有，最后也没找到她。那时候她才七岁。”

“真不敢相信克拉丽丝竟然保存着这些……”格蕾琴

说，“这些报纸上的东西……太不吉利了。”

“可能不是她留着的，”艾迪回答说，“那时她跟梅奈尔差不多年纪，我觉得可能是她们的父母。可怜的苏珊……她们的妈妈。她一直都没有从宝贝女儿失踪的阴影中走出来，最后忧虑而死。我觉得最让人难受的是不知道到底发生了什么。事故？或是绑架？”

“梅奈尼。跟我名字差不多，只不过把后面两个字母换了个位置。”

“真的……”格蕾琴说，“我从来没想过这个问题。很奇怪你妈妈会给你起这个名字。”

“也许是克拉丽丝起的。”艾迪说。

“太奇怪了！露易丝都没再见她妈妈！而且我觉得克拉丽丝不会随便跟人提起她妹妹的。不管怎么说，反正我从来没听她说起过！”

“梅奈尼是个怎样的人？”梅奈尔问。

“你知道我们那时候都还很小，”艾迪回答说，“说实话我都想不起来她了。我们也只是听父母讲起过，尤其是我妈妈，阿尔贝蒂娜。梅奈尼是她侄女，而且我觉得她也很喜欢这个侄女。她说梅奈尼在这个家里就像个小太阳。她总是乐呵呵的，还很漂亮，你可以从照片里看出来。”

格蕾琴从桌上拾起心形挂坠。

“这东西太古怪了,”她说,“你们看……首先它缺了一半,然后被什么东西挤压过……就像什么从上面轧过去。你外婆收藏着吗?”

“她戴着,藏在衣服里面。”梅奈尔回答道。

“一个纪念品呗……”艾迪说,“真是可怜,她妹妹留给她的一切。克拉丽丝可能比我们猜想的要伤心得多。尽管她不那么……感情用事。”

格蕾琴大叫起来,把躲在柜子下的猫咪博卡欧达都吓跑了。

“但……但是!就像你说的,她不那么感情用事!甚至为了不去照顾自己的父亲而和福希埃先生结婚!就个人而言,我不能去责备她,但是很多人私下里对她的财产说三道四。我可不想说这些,这不重要。但是,艾迪!庄园!”

“什么庄园?”艾迪一头雾水地问道。

“就是这里啊,看!阿维庸庄园!”

格蕾琴用手指拍打好几下照片。艾迪皱了皱眉头,然后抓了抓头发。

“不是在维克多死后被卖了吗?”

格蕾琴突然倒下来,头趴在桌子上。

“别担心,”艾迪对梅奈尔说,“她猝倒就是这样。格蕾琴可以听见我们说话,但是她的肌肉放松不能正常移动,一会儿就会好的。尽管我也不知道到底什么情况会

引发她猝倒！”

过了一段时间，格蕾琴终于爬了起来，艾迪给她倒了杯茶以便让她尽快恢复。

“希望没有太吓着你，”格蕾琴对梅奈尔说，“反正最好你要适应适应。我们刚说到哪儿了？哦，对！庄园。克拉丽丝没把它卖了！艾迪，你想想，她爸爸的葬礼上，克拉丽丝让人把城堡给锁上，我想她一定把钥匙扔了！”

艾迪眼睛瞪得大大的，卖了或是没卖有什么重要呢？根本不值得猝倒啊！

“你是真傻还是假傻？”格蕾琴继续说，“还记不记得小不点儿的遗产？布里尔先生列了张财产清单，可上面并没有提及阿维庸庄园！”

“因为我猜对了！庄园被卖了！”

“我敢肯定没有卖，”格蕾琴回答说，“打电话！我们得让公证员去查一查，毕竟这是他的工作。”

布里尔先生接到电话有点儿吃惊。他那所有的文件中没有一处提及庄园的内容。但他也承认这样的事情也时有发生。他答应去查，一有消息马上就会回电话。

“我想……”艾迪说，“我想那几个表亲是不是在说想继承阿维庸庄园，而不是我们想的，继承福希埃别墅。”

格蕾琴表示赞同。这幢红砖别墅肯定价值连城。城

堡是18世纪建造的，是座不错的建筑，还占着一块地皮。此外，克拉丽丝很有可能对他们每个人都允诺过会将庄园留给他们。梅奈尔的外婆肯定不是古怪的人，但她内心那份仇恨却难以平息，这有可能成了她做出些不光彩的事情的诱因。那些“亲爱的表亲”总是首当其冲说她的坏话，她不可能不知道。庄园和房子就成了她死后的报复工具……

梅奈尔终于开始一点点了解这位伴随她成长的女士了。她得知外婆是因为利益才和约瑟夫·福希埃结婚。这是位腰缠万贯、长相丑陋、智力一般的先生，身体不怎么好，但对人很和气。克拉丽丝是个能干的女强人，约瑟夫在家完全没有任何权威。格朗蒂埃姐妹俩觉得他在家里肯定也不幸福，好在他有一个很可爱的女儿。女儿离开家对他打击很大，他人虽然在家，魂却不知飞哪儿去了。

露易丝车祸身亡后，他更是彻底垮了。艾迪回忆起约瑟夫在葬礼上的样子：年纪不大却显得老态龙钟，在一旁一边抽泣一边颤抖。克拉丽丝一滴眼泪都没有流。姐妹俩对约瑟夫最后的印象就是一位可怜的老人手里拿着毛绒熊对着一个小推车摇晃。小推车里躺着梅奈尔。艾迪确定约瑟夫最后的时光里梅奈尔就是他最大的快乐。

布里尔先生第二天打来电话，他很快就查出了结果。阿维庸庄园并没有被变卖，因此也就成了梅奈尔遗产的一部分。具体地说，就是梅奈尔需要从约瑟夫·福希埃留给她的财产里抽出不少钱来缴税。公证人向格朗蒂埃姐妹俩保证账户里还有不少现金。他还连声道歉，感觉自己并没有把事情办好。说到底也不能全怪他：克拉丽丝·德·阿维庸-福希埃什么也没和他说。简直令人难以想象，她脑子肯定没坏，不应该仅仅是“忘了”。甚至她好像有意将这座家族的庄园从记忆中抹去。

梅奈尔很想去看看这座城堡。她很喜欢这个词——“城堡”，充满了神秘色彩还有山盟海誓。她刚刚读完十二本《五人俱乐部》(从图书馆借的)，她确信城堡里有秘密通道、地下室，可能还有一笔宝藏。艾迪不确定里面是否有暗梯，但她知道里面有个仓库，维克多经常把不听话的小孩儿关进去惩罚。

城堡离福希埃的寓所只有三十多公里，可是离格朗蒂埃姐妹所在的城市就得差不多一百公里了。自从1987年维克多去世以后，她俩就再也没有见过那城堡。现在那城堡什么样了?一旦没人住，房子很快就会变坏。

她们选了一个阳光明媚的日子去城堡那边旅游。梅奈尔兴奋极了。

她一路上不停地说话，艾迪不时从车上的后视镜看她。这个从不被重视、脸色苍白、托付给格朗蒂埃姐妹的小女孩变化多大啊！孩子们都如此：只要稍微给他们些关爱，注意力放在他们身上一点点，他们就会幸福得跟花儿一样。"盛开的风信子"，艾迪笑着想到。

她们在一个景色优美的小村吃的午饭。格蕾琴希望照几张教堂的照片，梅奈尔不乐意，她急着看属于自己的城堡！但是人一旦爱上摄影，那就得理解他们总是疯狂到什么都想拍的心态。她被宠爱着：格朗蒂埃姐妹在每个拐弯处都会停下来让她照相。这里有几棵参天大树，那有引人入胜的景色……梅奈尔觉得自己都是倒着前行的。

又过一会儿，她们到地方了。艾迪犹豫地想了想，才找到去往阿维庸城堡的路。最终她们在一扇很大的栅栏门前停下。有一个存放打猎猎物的破旧小茅屋，坐落在一片树林的影子里。至于城堡，只能在林中的树木之间看到它黑暗的侧影。

格蕾琴从雷诺车上下来，摇了摇栅栏门。门没有锁，但是只能打开约四十公分。

"没关系，"艾迪说，"把车放这儿，我们走进去。"

她们没有庄园的钥匙，没人知道钥匙去哪儿了。但是现在，她们很高兴能参观主人的住宅。

梅奈尔毫不费力地从栅栏门的两扇门中间钻进去。

“这就是我家。”她大叫道，在曲折的小道上兴奋地奔跑起来。

艾迪身材没那么瘦小，因此想钻进去很困难，格蕾琴只好在门口等着她。这时候梅奈尔已经跑到小茅屋的门口，突然撞在一位手拿猎枪的老“巫婆”身上。她俩异口同声大叫起来。

“救命！”梅奈尔叫道。

“鬼啊！”老“巫婆”也叫道。

接着她俩都安静下来，互相观察着对方。老“巫婆”有一双深色的眼睛，埋在满是皱纹的脸上，花白的长发扎成两条辫子。她穿着一件黑色长裙，带着一条曾经可能是白色的围裙。

格朗蒂埃姐妹俩被叫声吓到，赶紧跑了过来。

“您是谁？”格蕾琴问，“您拿着枪干什么？”

老妇人开始浑身颤抖，眼睛还是盯着梅奈尔看。

“可怜……”她低声吟道，“我会为您的灵魂祈祷的……请不要伤害我……”

“没人想伤害你。”艾迪轻声说。

老妇人好像终于意识到格朗蒂埃姐妹的到来。

“你们也是幽灵，你们也是！”

“什么？”格蕾琴说，“才不是呢！说实话，我们很像幽

灵吗?还有,赶紧把武器放下,否则会伤到人的!"

"可是……真的是她!"妇人答道,手指着梅奈尔,"你以为你可以骗过我!哎,哎,哎!是魔鬼弄得我脑袋一团糟!"

"我可不知道是不是魔鬼弄得您脑袋一团糟,"格蕾琴说着顺势一把抢过猎枪,"您能给我们解释一下您在这儿做什么吗?"

"一定是幽灵想要惩罚我……"老妇人呻吟着,"想把我弄疯……"

"这里没有幽灵!"格蕾琴一个字一个字清楚地说。

"当然有,我亲眼见过!我经常看见她,那个小女孩……"

"她把我当成梅奈尼了,"梅奈尔突然说,"夫人,您看清楚了,我……我长得可不漂亮。"

老妇人用怀疑的目光仔细盯着她。梅奈尔心里美滋滋的,心想毕竟自己还没有难看到那种程度。

"可能……你们在这里做什么?这是处私人住宅!"

"太好啦!"艾迪喊道,"这明显是处私人住宅!这幢住宅就属于这位小姐!"

"我知道!"老妇人回答道,"我经常看到她……"

"真拿她没办法!"格蕾琴说,"她又开始了!夫人,这位小女孩是一个月前去世的克拉丽丝·德·阿维庸-福希

埃的外孙女，这幢城堡是她继承的遗产。您现在明白了吗？”

“是啊，她去世了，他们都死了！可她，她却总在这儿游荡……”

在格蕾琴和艾迪的耐心劝说下，最终老妇人被说服了。老人名叫奥黛特·加卢瓦，曾经是克拉丽丝和梅奈尼的保姆，她还照顾着维克多直到他去世。克拉丽丝把庄园里的小茅屋留给她住。奥黛特没有多少积蓄，很害怕被扫地出门。

“但是那位先生答应过让我留下！他说的是真的，对吧？”

“那位先生？”格蕾琴问。

“就是，就是会拥有这房子的先生！在克拉丽丝葬礼之前他来过这儿。”

毫无疑问，奥黛特对于那位“先生”的描述不会是别人，正是纳塔利勒·福斯盖，那个骨瘦如柴的表兄。

“太张狂了！”格蕾琴愤怒地说，“你们想得到吗？克拉丽丝还没有下葬，他就过来看他的‘遗产’！奥黛特，您应该感到庆幸他没有得到这城堡。相信我，要是他拥有了城堡，不出一秒他就把您赶出去！”

梅奈尔摸着老人微微颤抖的手。

“您不用害怕。我非常愿意您能留下来。”

眼泪在奥黛特的眼睛里打转。

“您和她一样……”她小声说，“她也是这么亲切善良……”

“真的有幽灵吗？”梅奈尔问。

“瞎说！”格蕾琴叫道。

“当然有！”奥黛特回答，“她就在这儿，孩子。暴风雨的夜晚，我听见她在哭……我想去安慰她……我本想安慰她……”

眼泪顺着她的脸颊流下来。艾迪走过去安慰，让她把头靠在肩上。就连格蕾琴也感动了。伤心的老妇人真是让人怜悯。

“我们会照顾您的，”艾迪说，“我们可以给您点儿钱，毕竟这是您应得的，您照看这城堡那么多年。”

“而且您照看得还这么好！”格蕾琴炫耀着手里的猎枪说。

“枪里没有子弹，”奥黛特回答说，“你们太好了，就像克拉丽丝夫人一样。”

“克拉丽丝？好人？”格蕾琴重复说，“这是另一码事！”

奥黛特承认克拉丽丝夫人不怎么好相处，但她总是给予奥黛特足够的尊重。她跟维克多·德·阿维庸可不同，这男人脾气很坏，总把奥黛特当奴隶一般。临终前的那段时间，他变得简直没法相处。不过无论如何，奥黛特

还是完成了自己的使命，她自己也无处可去。或者说，除了这个庄园，她没在任何别处生活过。

奥黛特请她们进屋。令人惊讶的是屋子里收拾得井井有条。但是家具都是老式的，甚至说破旧不堪，还是能发现一些灰尘。

奥黛特没什么好款待客人的食物，只给她们倒了白开水，拿了一些饼干。看样子克拉丽丝“善良”的一面可没表现在钱包上，这么多年来她支付给奥黛特的薪水微乎其微。

接着，奥黛特开始讲起幽灵的故事来。

第四章

奥黛特

奥黛特1938年来到德·阿维庸庄园工作，那年她才十七岁，刚开始只是一个厨房的帮厨。苏珊·德·阿维庸夫人刚刚生完第二个孩子梅奈尼。痛苦的分娩使得阿维庸夫人精疲力竭，因此奥黛特还要花时间照顾孩子。苏珊很快就恢复了，但习惯已经养成：奥黛特照看孩子，然而这时候她还得在厨房帮忙。虽然家里有五个用人，但是他们一点儿也不清闲，一方面城堡很大，另一方面德·阿维庸一家经常接待客人。

奥黛特很喜欢梅奈尼，这孩子几乎不哭不闹，经常笑呵呵的……克拉丽丝却不是个讨人喜爱的孩子，她很优秀，也很严肃。可是维克多·德·阿维庸先生从来都不满意。奥黛特至今仍然记得那位主人生起气来可怕的样子，就为一点儿小事他也会大发雷霆。说错一句话，考试成绩一般……他就会把克拉丽丝关进漆黑的仓库里，甚至动手打她。苏珊总是为他找借口，说他之所以这么严

厉是为了女儿好。奥黛特觉得是因为维克多认为克拉丽丝没有她母亲漂亮，可能连她的聪明才智也是维克多不满的原因。她总是滔滔不绝，思维深邃，而且从不适可而止。维克多认为这是对他的反抗（他不全是错的……），尤其是缺乏对家长的尊重。当然这是他不能容忍的。

梅奈尼一天天长大。奥黛特生怕她也跟姐姐一样会遭到虐待和毒打。梅奈尼长得漂亮，很早就懂得如何取悦自己的父亲。在奥黛特的印象里，维克多从没有打过小女儿。相反，他总是给她很多礼物。克拉丽丝却除了批评和惩罚，什么也没有从父亲那里得到过。

然而，奥黛特从来没有察觉到她对妹妹的一丝嫉妒和恶意。克拉丽丝对妹妹和蔼可亲甚至是宠爱有加，姐妹俩相亲相爱非常融洽。梅奈尼虽然被父母溺爱，但她也不是个自私自利的女孩。如果自己收到巧克力，她会拿给姐姐一起分享。有一次维克多对克拉丽丝动怒，梅奈尼为她求情，不让父亲打姐姐。意想不到的是，他居然让步了，只把克拉丽丝关在仓库里一小会儿。

接着可怕的1946年到了。奥黛特永远不会忘记那天早上……天气酷热，梅奈尼跟往常一样在院子里玩耍，克拉丽丝坐在母亲身边，在太阳伞下看书。暴风雨突然来临，有人叫梅奈尼，以为她跑到树林里去了，人们到处找她。然后……

奥黛特停顿一会儿，用围裙擦拭眼角的泪水。接下来的事情就众所周知了。没有人知道到底发生了什么。苏珊崩溃了，从此卧床不起。她就在床上等死，完全不理会克拉丽丝的悉心照顾。大女儿从那以后就一直不离开床头，每天读书给母亲听，试着伺候母亲吃饭。那时候她还很小，她的行为得到大家的赞赏。

奥黛特有一次见克拉丽丝怀里紧紧抱着梅奈尼的布娃娃在哭泣，她以为屋里只有她自己，奥黛特的出现把她吓了一跳。一旦有人的时候，克拉丽丝就会表现出极大的勇气以掩饰自己的痛苦和不安。

至于维克多，他变得寡言少语，每天都把自己关在书房里，对什么事什么人都毫无兴趣。他甚至都不去照顾自己可怜的妻子。直到她去世，维克多也没有表现出一丝忧伤。他好像对什么都漠不关心了。即便是和克拉丽丝在一起生活，维克多也完全忽视她的存在。克拉丽丝终于能和父亲和平相处了。才十四岁她就独自打点家里的一切！不过一旦有机会，她就逃出这监狱似的牢笼，和约瑟夫·福希埃先生结婚了。

"那幽灵是怎么回事？"梅奈尔问。

"我早就知道她死了，从那个盛夏的清晨她消失的一刻起就知道了。"奥黛特回答说，"但我无法解释，就是这样发生的。接下来的日子里，所有的人都四处寻找梅奈

尼，而我，我就在屋里待着……心里就像有块石头，很重很重……刚开始，我感觉她并没有离开。我总觉得她会突然在门口出现，就在走廊里叫着：'您好，奥黛特！我们可以一起玩吗？'就像她经常做的那样。当然，我用理智让自己清醒。接着，有天晚上，我把碗洗完，在碗橱里放好，我听见了她的声音，她轻声喊着……"

说着奥黛特又哽咽起来。她喝了口水继续说：

"她在叫救命。'快来找我！'我听她喊着这句话，天哪！我还以为她回来了，马上冲到屋外，到处寻找她……最后，我明白了：她的魂魄回到了城堡里！我害怕极了。我没敢和任何人说起这件事，我以为是在做梦。但是晚些时候，我看见她……"

格蕾琴抬起头看着天，觉得所有这些故事让人站着都能睡着。艾迪和梅奈尔却不这样认为，她俩心情紧张地等待着接下来发生的事情。

"我经常能看见她，"奥黛特继续说，"几乎都是在下雨的夜晚，她会在城堡的任何地方出现，一个透明的发光影子。她身上穿着失踪那天穿的粉白相间的裙子。她向我伸出手，满脸的泪水。有时我试图接近她，可是她的影子马上就会在黑暗中消失不见，消散在墙边……第一次看见她把我吓坏了，我跟所有人说梅奈尼的魂魄在城堡里出现，可他们把我当成疯子。因为我忘了，每次我都

是一个人看见的。然而……”

奥黛特放低声音，好像对什么感到恐惧。

就在维克多去世前，他完全失去理智，整天嘴里嘟哝着些条理不清的话。他经常叫克拉丽丝的名字，威胁说如果不立刻出现就把她关进漆黑的仓库。这是不可能发生的，自从克拉丽丝结了婚，她的脚就再也没有踏入过庄园的大门。后来有一天，奥黛特在屋里打扫卫生，维克多突然从床上坐起来，瞪大眼睛。

“不，不！”他大叫道，“别纠缠我，可怜可怜我，放过我吧！”奥黛特试图让他平静下来，但是他却拼命抓住她。“她在这儿！她在这儿！”维克多重复说，“她希望我去找她……”

“德·阿维庸先生死后，克拉丽丝夫人叫人把房子锁上，什么都没有动。她说任何人都不准进去。我想如果可以的话，她都想把这房子烧了。”

“那您呢？”艾迪问，“从那以后您就没进去过？”

“啊，没有！”奥黛特答道，“我一点儿也不想进去，我保证！我在这儿过得很平静，幽灵不会来这里。”

“那钥匙呢？”格蕾琴说，“钥匙在哪儿？”

“我想是克拉丽丝夫人拿着，我没有钥匙。”

“嗯，应该在福希埃寓所的某个地方。我们可以去一趟找找看，反正离这儿也不远。”

“我要是你们的话，我就不会想进去，”奥黛特说，“那里只有厄运和不幸，你们还想在那儿找什么？如果那个孩子出现在那里，说明这房子被诅咒了。”

“我啊，我可不相信什么幽灵。”格蕾琴回答道。

奥黛特将艾迪给她的五百法郎放进口袋。她待在窗户后面以确定来访的客人们都已离开。

“好在有我监视她们，我就猜到她们会来管闲事！”

奥黛特转过身，房门开着，一个男人站在门口冷笑。

“我很喜欢您的故事！”他说，“我都有点儿相信了！”

“我只不过按您教我的去做，”奥黛特答道，“现在该给我钱了！”

男人拿出钱包，取出几张钞票。奥黛特走过去贪婪地拿过钱。

“给。”男人说道，递过一个盒子，“我给您带来份小礼物，好让您回忆一下老家伙克拉丽丝。”

奥黛特看了眼盒子里的东西，并没有显得很高兴。她在桌边坐下，重新数了一遍钞票。

“我还是有点儿担心，”男人继续说，“她是不是有一串钥匙？”

“我什么都不知道。我唯一知道的钥匙就是您有的那一把。”

“嗯，希望那老家伙什么都没留下……也许她们会请来一个锁匠……太烦人了。不管对我还是对您都一样。好吧，如果她们回来，尽可能劝她们不要进去。”

“我该怎么做呢？”奥黛特问。

“这就是您的事了！想尽办法牵制她们，演一场好戏！假装心脏病！您只要愿意怎么都行。”

“我也许能吓唬吓唬那孩子和胖女人，但是另外一个可不吃这一套！”

男人出门前瞥了一眼窗外。

“听着！”他说，“这是您的问题。反正不管发生什么，阻止她们进去！”

布里吉特再次看到梅奈尔高兴极了。她觉得小梅奈尔变了很多。她好好儿夸奖一番，然后把她搂在怀里，并坚持要为她们沏壶茶。

“我得说很高兴不用再为德·阿维庸–福希埃夫人工作了，”布里吉特说，“她真是位怪人！幸好她每天早上都外出散步，要不然我肯定坚持不下去了！现在我去城里做帮佣，生活很悠闲！”

“我们想看一看房子，”艾迪解释说，“梅奈尔要拿点儿东西走……应该是您最后锁门的……”

“哦，当然，当然！”布里吉特站起身，回答说，“而且

也没有理由我老拿着钥匙!"

布里吉特打开乡村风格的柜子,拿出一大串钥匙给格蕾琴放进包里。本来准备就此离开,布里吉特一直滔滔不绝,她们也不好请辞告别。最后终于能走,天色也已经晚了。

梅奈尔再一次回到自己曾经住过的红砖建造的家里,感觉怪怪的,就像自己刚长途旅行回来一样。即便她认识这里的一砖一瓦,可她仍觉得自己是局外人。可能她从来没感觉这里就是自己的家。

格蕾琴把大厅里的电源闸刀重新合上,因为没人住,电源都被切断了。百叶窗都紧闭着,屋里很暗。

"我们从哪儿开始找呢?"艾迪问。

"试着从书房开始吧,"格蕾琴答道,"如果没有,就去克拉丽丝卧室里找找。梅奈尔,你可能想拿点儿什么东西吧?"

"什么东西?"

"哦,我可不知道!比如书或玩具什么的。"

梅奈尔摇了摇头,这里的东西她都不想要。她现在希望得到的就是城堡的钥匙。

艾迪把百叶窗打开好让屋里明亮些,最好她们动作能再利索点儿,因为太阳开始落山了。她们翻遍了书房,没有找到。

“为什么你不相信幽灵的故事呢?”梅奈尔问起格蕾琴。

“因为我从来都没见到过,这都是些骗人的鬼话。很明显,可怜的奥黛特已经神志不清了。”

她们决定上楼去找找。梅奈尔从来都没有进入过外婆的卧室。格朗蒂埃姐妹俩都在找东西,而她只站在门口。她用眼扫了扫卧室,床,梳妆台,带镜衣橱,相框,灰色与酒红色条纹壁纸。

“她已经不在了,”艾迪说,“你不用害怕,现在是在你的家了。”

“这儿从来就不是我家,”梅奈尔答道,“马尼埃也不在这儿。”

艾迪会心地笑了。按她的理解,梅奈尔是说她的家是格朗蒂埃姐妹俩的房子,她们比她的亲外婆克拉丽丝还要称职。

“看,在这儿!”格蕾琴突然喊道。

她从衣橱里拿起一摞床单,下面盖着一捆面值五百法郎的钞票。

“哇!这里至少有十万法郎!”

“太好了,”艾迪说,“我们可以带梅奈尔去意大利了!梅奈尔,如果你愿意去的话,毕竟这钱属于你。”

“我们可以去看特雷维索喷泉吗?”梅奈尔问,“维苏

威火山呢？我们可以乘坐‘东方快车’号吗？”

“只要你想去就可以，”格蕾琴回答，“这笔钱够我们住威尼斯任何豪华的大酒店！”

“是啊！”梅奈尔叫喊道，“我们还可以去看狂欢节表演！我要化妆成侯爵夫人！”

“行！”艾迪说，“可难以置信的是克拉丽丝会把钱藏在这些床单下面！还好我们来看了看！即使是所空房子，对小偷来说也是很有吸引力的……”

格蕾琴掏空衣柜，在最后一层发现一个小匣子。匣子被锁住了，可这根本挡不住格蕾琴，她从梳妆台上找到一把指甲刀把锁撬开。

梅奈尔也很激动，顾不上心中的害怕，走进屋里。

匣子里有些价值不菲的珠宝，还有些不值钱的小玩意儿。

还有就是一大串锈迹斑斑的钥匙。

第五章

闹鬼的城堡

由于时间很晚了，格朗蒂埃姐妹俩认为最明智的办法就是在福希埃别墅过夜。格蕾琴找到电表，发现电力公司并没有把电停掉，这真是个振奋人心的消息。她们在小城里的一家餐馆吃了晚饭。梅奈尔担心家里的猫咪，艾迪让她放心：猫咪的饭盒里有很多食物，足够等到她们回去。

屋子里最不缺的就是睡觉的地方。梅奈尔就睡在她原来的卧室，格朗蒂埃姐妹俩选了间平时很少有人住的客房。

梅奈尔整晚把灯开着，在这屋里她觉得不自在。奥黛特讲述的故事在脑海里浮现，一点儿声音都使她戒备起来。要是克拉丽丝的鬼魂回来可怎么办？接着她想到意大利，她们旅游期间得让邻居帮忙照看马尼埃和博卡欧达两只猫咪。它们可能不喜欢威尼斯，因为威尼斯是座水城，梅奈尔这样安慰自己。最后她终于睡着了，梦中

梦到狂欢节的到来。

夜里气温骤降，梅奈尔被冻醒了。天色灰蒙蒙的，犹如铅块压下来，外面风很大，天亮以后很可能会下大雨。梅奈尔不确定是否还要去参观自己的城堡，万一有暴风雨怎么办？她怕梅奈尼的鬼魂会在暴风雨的夜里出现。

早晨梅奈尔来敲门的时候艾迪已经起床，格蕾琴还睡着。艾迪摇了摇她，看来没多大希望。这是发作性睡眠症的症状，除了等待没有别的法子。

艾迪给她枕边留了张便条，然后她就带着梅奈尔去城里买羊角面包，还有手电筒。

“会下雨吗？”梅奈尔问。

“我觉得很有可能……噢，我知道你是担心暴风雨。奥黛特说的是暴风雨的夜晚幽灵会出现，白天可没什么好怕的！”

“你相信吗，有那些幽灵存在？”

“毫无疑问……我在世界各地看到很多特别的东西。有人能在炭火上行走，苦行僧做礼拜时不停地跳舞，在非洲有医生照顾被施魔法而昏迷的病人，西藏的喇嘛进行驱魔的仪式……甚至还有雕像会流下血泪！不过我从来没见过幽灵。你看，这其实没什么。”

“嗯，那到底存在不存在呢？”

“坦白说，我真不知道。”

梅奈尔对这一回答应该很满意。回到别墅，格蕾琴已经醒了，但是情绪不太好。发作性睡眠症患者睡觉很不安稳，所以不能像正常人那样通过睡眠恢复体力。格蕾琴吃了点儿药好让自己坚持住。

她们到达城堡时奥黛特就站在栅栏门后，好像她一直在防备她们的到来。

“我们找到钥匙了！”梅奈尔说。

奥黛特不停地咬着自己的下嘴唇。当看到艾迪拿出那一大串钥匙时，她毫不费力就认了出来。她什么也没说，只是跟着她们走。

小径在树林里蜿蜒曲折，本来小径的宽度可以让汽车通过的，可是已经十二年没有人打理了。林子里的树舒展枝叶，灌木丛也往路中间长。

林子前面是一片草坪，昔日的花园如今长满荨麻，小径已经看不见了，只是在高高的草丛里留下一道痕迹。

梅奈尔看着她的城堡，跟她想象得一模一样。深色石头搭建的城堡，两边各有一座塔。一座真实的会闹鬼的城堡。

“我记忆里这地方可比现在令人快乐得多，”艾迪说，“很明显，没有了鲜花盛开的花园和阳伞……”

“我……我可不想再向前走了，”奥黛特说，“这房子

被诅咒过！”

“瞎说！”格蕾琴反驳道。

奥黛特明白她们不会就此放弃。阻止她们进去！有两个还好说，另外那个……她现在唯一能做的就是跟整件事撇清关系……

“等等！”她喊道，“我……我并没有告诉你们全部！我……我不想吓唬你们。但是……”

奥黛特努力装出担心的样子四处张望，好让自己的话更有说服力。梅奈尔本能地向后退了一步。

“什么事啊？”格蕾琴说，“快讲！”

“并不是……并不是梅奈尼的鬼魂让我害怕！可怜的孩子……”

她用围裙擦了擦眼角，但根本没有眼泪。

“她的魂魄单纯善良……但他，他也在！”

“谁？”艾迪问。

“他！维克多·德·阿维庸！”

“啊！”格蕾琴叹气道，“幽灵船上飞翔的荷兰人[①]还穿越大海呢！”

“我对你们发誓！”奥黛特答道，“我……好吧，我其

① 传说中一艘永远无法返乡的幽灵船，注定在海上漂泊航行。

实并没有亲眼见到。但我听到过他的声音！有几晚他在屋子里来回踱着步子，声音很吵！好像他在里面拖着东西。他是在找梅奈尼，我敢肯定！”

“可能只是老鼠，”格蕾琴猜道，“这些小动物到处都是！”

为了表示她一点儿都不害怕，格蕾琴义无反顾地向长满高高的杂草的草坪走去。

“我说的都是真的！”奥黛特坚持说，“我可能年纪大了，但我还没聋！”

艾迪转过身，打量着奥黛特，眼睛半睁半闭。

“您的耳朵应该非常灵敏，”她说，“这样才能从小茅屋听到从树林深处传来的声音！”

“不……不是……”奥黛特结结巴巴地说，“您……您不明白。是因为……是因为那孩子。您可能以为我只是个疯子，但是我……我还在找那个女孩，为了能让她的灵魂安息。我夜里出门，最后因为他在那儿，我就没再敢靠近城堡。”

艾迪偷偷露出一丝微笑，她开始怀疑奥黛特所说的话的真实性。也许这女人只是精神失常，这是格蕾琴的想法。格蕾琴耸了耸肩，继续向前走去。

不顾刚才所谓的保留意见，奥黛特也跟着向前走。离城堡越近，梅奈尔越觉得城堡阴暗，甚至它那黑糊糊

的影子把天都遮住了。终于来到城堡笨重的大门前，梅奈尔想到曾在格朗蒂埃姐妹的某本书上看到过但丁《地狱》里的一幅插图。在进入地狱的大门上写着："扔掉希望，进来吧！"这就是她贴近城堡时的第一印象。

艾迪将最大的一把钥匙插进锁里，不费力地就拧动了锁。

"还挺容易，"她说"真是令人惊讶！十几年过去了，我还以为锁已经生锈。"

大门一共有两个门闩，但是一个都没有插上！艾迪越来越觉得奇怪，她按下外面的扶手往前一推，大门底部擦着方砖地被打开了。一股混合着灰尘和发霉的气味迎面袭来，害得梅奈尔都咳嗽起来。她们把门开着好让新鲜空气进去，然后才进了屋。

梅奈尔站在门口看到大厅里面的石梯以及一扇扇紧闭的房门。

格蕾琴打开手电筒，光线打在空无一物的墙上，很明显能看出画框留在墙上的清晰痕迹……

"画！"格蕾琴叫道，"挂毯！我记得很清楚墙上有挂毯！"

艾迪忘记了屋里污浊的空气，还有幽灵的故事，她快步走向左边第一扇通往餐厅的房门。

格蕾琴紧跟在她后面。

"这边也是!"艾迪喊着,"原来这里有个独脚小圆桌,还有,噢,见鬼!碗橱呢!是开着的!"

碗橱里什么也没有了,那些瓷质碗盘、水晶杯、银质餐具都消失了。

"这是什么意思?"奥黛特问,假装很惊讶的样子。

"这说明,"艾迪回答,"有人进屋偷走了东西!依我看,您一直说的幽灵很有可能存在,而且他还是个偷天大盗!"

"有小偷?"奥黛特说。

"是!这个小偷一点儿一点儿偷走城堡里有价值的东西,只留下很多沉重的家具待以后再偷偷运走!"

接下来的查看让艾迪清醒过来。一幅画也没有留下,椅子没了,餐具也都被洗劫一空。可以从印记看出,一些体积较小的家具也已经被运走。奥黛特一边唉声叹气一边自责自己如此天真。

"我这么多年一直以为是维克多回到了城堡。我简直太蠢了!"

"的确,"艾迪回答,"但您现在可以把这些故事都跟警察说说!"

"警……警察?这不是我做的!"

"您什么也没做!"

奥黛特决定扮演一位"无辜的老妇人"。

“我一无所知！我可不是小偷！要是我拿了这里的东西，您觉得我还会待在这里吗？这里可什么都没有！”

“没有人指责您！”格蕾琴回答。

奥黛特开始叹气，嘴里还咕哝着。

“我真的看到梅奈尼的鬼魂……我知道她就在这儿……而且很明显，我听到了声响，那肯定是维克多回到他的城堡……”

“没必要上楼看了，”格蕾琴拿定主意，“最好不要破坏了现场的痕迹。地上有很厚的灰，警察肯定可以提取犯罪分子的脚印作为线索。”

梅奈尔照了照地面，其实她刚刚也留下很多印记。奥黛特紧闭着嘴，一脸不满的表情。

“很好！”她说，“这样你们就会知道那上面没有我的脚印！”

艾迪让所有人都出去，她很认真地将三把锁都锁上。

“不管怎么说，”她说，“锁不是被撬开的，这说明小偷有钥匙！格蕾琴，你和梅奈尔待在这儿，这样就没人能赶在宪兵到来之前靠近城堡。我去报警！”

艾迪迈着大步往林子里走去。格蕾琴坐在门口的台阶上，就像看门的家犬。奥黛特这时也不知如何是好。

她很想逃走，然而又不敢走远……她深思熟虑后觉得她们也不能太责备她。她的小茅屋里可没有城堡里的

物件，她也没有变卖过任何属于德·阿维庸城堡里的物品。反正她本来就什么也没有偷。她只是被收买装作不知情，而这一点没有人能证明。

只要警察没抓到真正的小偷就行。

宪兵队的里夏尔上校点着头看着梅奈尔。

“梅奈尔小姐，恐怕您不能马上看到您失窃的财产！依我看，屋子是一点儿一点儿被偷空的，失窃物品都是一件一件被卖掉的，这样就不会引起怀疑。”

“但您已经有线索了，是吧？”艾迪问。

“噢……没什么重要线索……地上有拖动东西的痕迹，还有脚印……应该是穿着雨鞋。鞋底的轮廓很特别，是很常见的42号鞋。除了这些……”

“还有钥匙！”格蕾琴说。

“是，但也有可能是被偷了！现在要做的是把丢失的东西列张清单。我们可能会在旧货商或是古董商那里找到些线索……”

“清单！”艾迪喊道，“开玩笑，我们只有点儿模糊的记忆！”

“可能奥黛特……”格蕾琴想到说。

里夏尔上校脸上露出微笑，但立刻就抑制住了。

“我不想让您的希望破灭，可她看起来……”

上校的态度很明确：在他看来，奥黛特完全疯了。

“那个幽灵的故事她都讲了半个钟头，”上校继续说，“反正……不管怎样，她曾经经常出入城堡，我试试能不能从她口中得到什么信息。”

“您应该看看小茅屋，”艾迪说，“以防万一。”

上校有点儿茫然，他没想过这位年迈的老人可能会是偷东西的罪犯。

格蕾琴很生气，这些宪兵一无是处。艾迪建议回家，在这儿她们也帮不上什么忙。

“很抱歉，孩子，”格蕾琴对梅奈尔说，“你应该非常失落。”

“为什么？”梅奈尔回答，“这些丢了的东西我又没见过，我一点儿也不在意！”

“是，不过，这些本来就是你的。这不公平。”

“外婆对这城堡毫无兴趣，其实我也不想要。”

梅奈尔将手滑过羊毛衫衣领，摸摸挂在脖子上破碎的心形项链。艾迪很吃惊。

“你很想知道梅奈尼是不是真回城堡来了，对吗？”

“无聊！”格蕾琴低声抱怨。

“我可以上楼看看吗？”梅奈尔问。

“嗯，这是你家！”格蕾琴说，“你想去哪儿就去哪儿，尽管我不知道你想找什么……”

“没什么，”梅奈尔答道，“我就是好奇而已。”

宪兵们还是忙作一团，他们不同意梅奈尔上楼。梅奈尔保证会当心，不会破坏罪犯的指纹线索。城堡有两层，第一层是家里主人的居室，楼上是帮佣们住的。

梅奈尔和格朗蒂埃姐妹找了三个房间，最后终于找到了梅奈尼的卧室。毫无疑问那肯定是她的房间，屋里到处都是木质玩具，还有年久脱色的盒子。屋里的一切还是那么井井有条，好像等着女孩多年以后还能回来。

有些地方空荡荡的，让人猜测这小偷真是肆无忌惮，连这里也没放过。

“我发誓他连瓷器玩具都偷。”格蕾琴抱怨道。

梅奈尔苦笑：他连有维多利亚风格的玩具屋也偷，只留下一张摔碎的桌子。她打开一个放在架上的盒子，里面有些干枯的花，她没敢碰。梅奈尔走近衣橱想看看，可艾迪阻止了她。

“我可不建议你打开衣橱，里面肯定就是些衣物，还有……这太……你应该知道我想说什么。”

是的，梅奈尔懂。失踪女孩的衣物是很不吉利的。严重点儿说，是对鬼魂的冒犯，会带来厄运。

当她们离开城堡的时候天空下起了瓢泼大雨，如同剧场大幕落下时的幕帘。

第一幕结束。

第六章

贝阿特丽丝堂妹

奥黛特赶紧前往村路边的电话亭，嘴里一边咕哝一边思考着刚刚发生的事情。宪兵们搜查了小茅屋，这让她心里感觉很不是滋味。对于失窃物品清单，她尽可能把记得的都告诉了警察。撒谎也没用，反而会给自己带来麻烦。

奥黛特拨通了早就牢记于心的电话号码。她所联系的人听到消息并不开心，但也没有表现得很惊讶。他预料到格朗蒂埃姐妹俩会一根筋追查到底。他让奥黛特放心，说只要奥黛特按照自己所吩咐的去做就不会有麻烦。奥黛特利用这次机会又索要了一笔费用，他也毫不迟疑就答应了。

“别担心，奥黛特，”挂电话之前他说，“我已经想到了法子让我们不被牵连到这案子里，包括您和我。”

天下着雨，奥黛特打起寒战。要是晚上有暴风雨的话，梅奈尼的魂魄就会出现。长久以来一直存在心底的

负罪感涌上心头，奥黛特摇了摇头想清醒过来。幽灵怎么会在乎人间的财产！无论如何，梅奈尼从未指责过别人窃取她的遗产。而且，梅奈尼只对一件事耿耿于怀：让人去找她回来。

她在哪儿，她为什么要回来，奥黛特并不清楚，因为尽管自己是个卑鄙无耻之徒，她至少有一点是对的：她确定梅奈尼经常在城堡出没。

贝阿特丽丝在厨房洗碗，突然有人敲门把她吓了一跳，尽管她知道有人会来。访客手里拿着褐色布包，走了进来。

“是有麻烦了吗？”贝阿特丽丝问。

“别大惊小怪，”访客一边回答，一边坐了下来，“宪兵查看了一下，然后就离开了……城堡还是我们的。”

“你别是疯了吧？你不会还去那里吧？”

“当然要去。只要有耐心……”

“你都找了十年了，却还没有找到，浪费了多少时间！而且你以为那些宪兵如此容易就对付了……”

“只要有个替罪羊他们就会放过……”

“什么？”贝阿特丽丝说，“谁啊？我知道！那个疯女人！”

但是访客摇摇头。

“不行。只有她知道珠宝在哪儿！我会让她说出

来……”

“这么多年过去了，你还相信她？她什么都不知道！”

“她肯定知道。她知道……就在她病了的大脑中，有我们需要的答案。总有一天，她会说出来。”

“别把我扯进去！警察肯定会到处打听……是我变卖了你偷出来的东西！我可是在最前线！”

贝阿特丽丝为人很谨慎，一点儿一点儿把东西卖掉，而且从不在本地找买家。她的同伙保证她不会被查出来。

“那你去哪儿找一个替罪羊？”贝阿特丽丝问。

“我已经想好了，我来搞定这件事。”

贝阿特丽丝追问，可她的同伙希望她知道得越少越好。她看着访客的大布包。

“你还拿着东西？”

“是，的确。不过不是拿来卖的，是用来把警察引向我们的替罪羊……”

“啊！你想把这个东西藏到她的屋里，或者类似的地方？”

“完全正确。我说，咱们都渴了，你不沏壶茶吗？”

贝阿特丽丝走到厨房灌了壶水去烧。由于只注意到布包，她没有发现她的访客没有把手套脱下。

戴着手套的手轻轻滑过，打开布包，没有半点儿声

音，从里面拿出一根铁棒。他站起身，走向厨房。贝阿特丽丝背对着他，正忙着准备茶壶和茶杯。

他等着贝阿特丽丝转过身来。

铁棒正击中贝阿特丽丝的前额中部。她还没来得及知道发生了什么事就摔倒在地，大片鲜血流到地板上。凶手首先确认她的脉搏已经停止跳动，然后抬起尸体，将头靠在洗涤槽的旁边。在这个地方他留下一条血迹，然后关上煤气，把茶壶倒满水。他打开水龙头，开到最大，仔细地清洗铁棒和手套。水壶还热着，他倒了很多水在地上，还倒了些在受害者的鞋底上。

他还想到把一个杯子放在地上。

他从包里取出一个银质烛台，这可不是最近那次去城堡拿的，而是很久以前的一次偷的。包里还有一套银质镀金餐具，由于每件上面都刻有德·阿维庸家族的花体签名标志，所以一直也没有卖。他还带着两把叉子和餐刀，他把这些都藏进抽屉里。

然后，他把一套绣有同样标志的床单藏起来。床单不是新做的，他对此也没什么兴趣，不过对于他的计划来说却很合适，因为很容易辨认出这是从城堡里偷出来的。

最后他拿出橡胶的长筒靴，就是42号，把它放到衣柜的下面。好了，一切都井然有序，只剩一件事：他不能

留着门离开。他锁上屋里的三把锁，从面向院子花园的窗户跨过去，然后把窗帘拉上，关上窗户。一切完成得不能再完美了。他小心翼翼地从花园水泥路上走过，走到院墙边，然后毫不费力地跳过去。

夜幕临近，没有人发现有位着急赶路的男人身影，手里还提着褐色布包。

贝阿特丽丝·格伦家的女佣敲了好几次门都没人开门。这很少见，格伦小姐要出门的话总会事先通知她的。她绕过屋子去花园看了看。往回走的时候，她在厨房窗边停下，清楚地听见屋里传来流水的声音……

她透过玻璃往屋里一瞧，大叫一声。

里夏尔上校听着鉴定专家再现事情的经过。

"就这样，可怜的女人本打算沏茶……地板上有很多水……她滑倒，额头正好撞在洗涤槽的沿上……事情很清楚……"

"哇，"上校答道，"房门从里面锁上，但是窗户是开着的……还有，令人惊讶的是，这里找出一套绣着非常漂亮的'阿维庸'三个字的床单，两把叉子和餐刀上也刻着同样的三个字。非常可疑的烛台，当然别忘了还有双42号的靴子。看看死者穿多大的？38号还是39号？"

“是，这说明她企图扰乱我们的线索。”鉴定专家说。

“或是另有其人！对……这些都不太有说服力。我们刚刚发现德·阿维庸城堡被不法分子洗劫一空，贝阿特丽丝·格伦小姐就意外身亡。她肯定脱不了干系，对吧？这些巧合真令人害怕，我汗毛都竖起来了。”

“我们记录下了所有的犯罪形迹，”鉴定专家说，“一定能发现什么的。”

“我就打算这么做。”

里夏尔上校留下宪兵继续查找线索，他着手开始调查格伦小姐。首先他要查清楚，为什么一位收入微薄的女士手腕上戴着一块镶钻金表。

贝阿特丽丝的去世让格朗蒂埃姐妹很震惊。更为匪夷所思的是，她被认为是偷东西的嫌疑犯。

“我从没高看过她，但是她……”艾迪说，“你能想象，她那么胖的人能把独脚小圆桌运出去，而且还要穿过树林？”

“她不是一个人，”格蕾琴答道，“我敢跟你打赌，她一定和纳塔利勒那个伪君子狼狈为奸！”

“为什么是他？”艾迪问。

“你回想一下！奥黛特跟我们说过，克拉丽丝还没下葬他就去了城堡。他那么肯定会继承遗产，丝毫不隐藏！

没有人会知道他们之间的勾当……这些亲人们!”

梅奈尔一面翻阅着家里的相册,一面听着格朗蒂埃姐妹俩的谈话,马尼埃就睡在她的膝盖上。格蕾琴好像和里夏尔上校的观点一致。贝阿特丽丝小姐突如其来的死亡让她成为最大的嫌疑人。艾迪却觉得奥黛特嫌疑更大,她很难想象奥黛特只是无辜的老妇人。

“这个人是谁,照片上的夫人?”梅奈尔问。

艾迪前倾着身子,格蕾琴也学她一样。

“嗯……噢,这张照片太旧了。”

“我知道,”格蕾琴说,“是德·阿维庸夫人,维克多的母亲。嗯……是不是叫波利娜?”

“她长得像个公主,”梅奈尔说,“她的束发带好漂亮!”

“这可不是束发带!”艾迪笑着回答,“是王冠。她不叫波利娜,而是玛丽亚娜。你的曾曾祖母是俄罗斯裔,她不是什么公主,不过她的父亲是俄国沙皇宫廷里的一位重要人物。你看,这些都是俄罗斯的珠宝。还有……对了,这些珠宝哪儿去了?”

“的确……”格蕾琴说,“我记得,天哪,好几个世纪前!妈妈跟我们说起城堡里的一次晚会,我不知道是什么聚会,苏珊戴着王冠,整个晚会都沸腾了。妈妈说,珠宝戴在她身上毫无皇家气派,她就像棵圣诞树!我还在

猜想谁会继承珠宝……”

“如果在克拉丽丝那里，我想布里尔先生应该会告诉我们！”

“我从没见过，”梅奈尔说，“外婆经常换各种珠宝戴，她很喜欢这些东西。”

“但是，只有克拉丽丝……”艾迪说，“噢，该死！很明显这些珠宝也被偷了！”

“我也觉得城堡里有数不胜数的东西被偷走了，”格蕾琴答道，“都是些日常用的东西。但是这样价值不菲的珠宝应该不会乱放！”

“福希埃别墅里有没有保险箱？”艾迪问。

梅奈尔一无所知。银行里是有个保险箱，布里尔先生已经把它列在财产清单上了，里面有现款，还有些文件。

“哇！”艾迪叹气道，“克拉丽丝会不会把它们藏在破被单下面，就像那次把十万法郎藏在里面似的？”

“好吧，我们应该回去瞧瞧，”格蕾琴总结道，“仔细翻翻看有没有！”

格朗蒂埃姐妹俩决定等到周五再去一趟福希埃别墅，那天上午正好是贝阿特丽丝·格伦的葬礼。梅奈尔对于自己要去参加一位陌生女人的葬礼感到很奇怪，她甚

至都没被邀请参加亲外婆的葬礼。

葬礼上没有多少人。天还下着雨。格蕾琴观察着两个堂兄弟。阿尔弗雷德·杜木然很明显来之前绕道去了酒吧，他一边走一边晃，时不时就吞吞吐吐来一句“我们可怜的堂妹”，眼睛里还泛着泪花。但是格蕾琴更觉得那是由于酒精作用而不是忧伤所致。纳塔利勒·福斯盖依旧穿着黑色西服，骨瘦如柴的身体挺得直直的。他看起来很冷漠，神父说话的时候他一直盯着手表。

梅奈尔看着周围的坟墓，突然发现里夏尔上校也在一旁站着。梅奈尔确信，就像她的两位监护人一样确信，阿特丽丝·格伦并不是意外身亡。她知道杀人犯不仅会来案发现场，而且还会参加受害人的葬礼。宪兵上校应该也很清楚这点，要不他不会在这里出现。

格朗蒂埃姐妹肯定是无辜的，那么就剩下两位堂兄弟了。纳塔利勒·福斯盖看样子就是干这行的，但是也没有证据。但当他问起贝阿特丽丝是否留下遗嘱的时候，梅奈尔肯定他一定就是罪犯。

葬礼一结束，格朗蒂埃姐妹就走开了。

“那些人！”格蕾琴蔑视地说，“一群……唉，人渣！”

“我们去买点儿东西吧，”艾迪建议，“我们要去福希埃别墅待上两到三天，用来找……”

梅奈尔在墓园里拖着步子，念着墓碑上的名字。

“你在干什么?”艾迪问她。

“外婆的墓地在这儿吗?”

“哦……是,当然啦。跟我来,这里有整个家族的地下墓穴。”

艾迪拉着她的手把她带到一个祭坛模样、上面有座天使雕像的建筑物旁。格蕾琴打开栅栏门,她们一同走进去。

“这就是了,”艾迪不自觉地压低声音,“克拉丽丝……她丈夫约瑟夫,还有你的父母。”

梅奈尔把手放到冰冷的石板上。露易丝·福希埃嫁给了库尔耶先生,菲利普·库尔耶。这是梅奈尔第一次见到他们的坟墓,格朗蒂埃姐妹对梅奈尔的沉默不语很理解。

梅奈尔转过头,她也不知道自己是什么感觉。

“维克多的墓也在这儿?”她说。

“对,所有人的都在这儿……”艾迪回答,“苏珊·德·阿维庸,维克多,还有,玛丽亚娜,她丈夫夏尔·德·阿维庸。”

“波利娜!”格蕾琴叫喊道,“也有波利娜!但她是谁?”

艾迪读起墓碑上的碑文:波利娜·雷文克嫁给德·阿维庸(1859–1919)。中间的石板上,还有路易·德·阿维庸(1856–1905)的名字。

“等等，”艾迪想到，“按理说应该是夏尔的父母，维克多的祖父母。波利娜应该就是梅奈尔的曾曾曾祖母！真是太乱了！”

“这儿没有梅奈尼的坟墓。”梅奈尔说。

艾迪把手放到她的肩上，伤心地点了点头。

“对，她没有坟墓……”她答道，“因为我们没有找到她的遗体。”

“这不公平，这就像她从来都没存在过。”

“说得对，”格蕾琴说，“如果你愿意，明天我们会来这儿，在墓穴角落里给梅奈尼献一束花。这样的话，对某些人来说她就存在着，存在我们的心里。”

梅奈尔忧伤地笑了笑。

“梅奈尼比爸爸妈妈更让我难受，这种感觉是不是很糟糕？”梅奈尔担心地问。

“不会，”艾迪回答说，“你的父母已经有你了，他们通过你的存在延续着生命。就我们所知，梅奈尼没有活很长时间，她没有孩子。你能想着她其实很对。”

梅奈尔觉得破碎的心形挂坠热得都能灼伤皮肤，她的姨外婆梅奈尼永远都是黑白照片上那位有着满头长发、深邃眼神的小女孩。

第七章

惊人的消息

第二天，梅奈尔将一束鲜花放到墓穴的拐角，她还想制作一个纸板写上梅奈尼的名字，替代本就不存在的石板。

然后她要求回城堡看看。不费吹灰之力她就说服了两位监护人：她想给属于自己的财产照相！格朗蒂埃姐妹热情地准备起照相的器材。的确，城堡、树林还有草坪都是不错的对象。

去照相之前，她们经过小茅屋，令她们惊讶的是，奥黛特不在屋里，她们并没有在树林留下来耽误时间。不过要是稍微等会儿，她们就能碰到在林中采蘑菇的奥黛特。奥黛特听着她们说话的声音，生怕与她们撞见。

她藏在茂密的矮树丛中直到她们离开。她并没有监视她们做了些什么，因为即使有所发现，也只是窃贼们要担心的事。不过，宪兵搜查以后也没什么能发现的了。

梅奈尔模仿着格朗蒂埃姐妹俩，开心极了。艾迪的

动作尤其奇怪，她毫不犹豫地就躺在地上从下而上为城堡拍照。

“我不喜欢把百叶窗都关着，”梅奈尔突然说道，“我想把所有窗户都打开！”

一句“所有”着实费了不少时间。首先，屋里有很多扇窗户，窗上的百叶大都生锈卡住了，很难打开。但是梅奈尔很固执，她想多一些光线，驱散那种散发出死亡气息、令人压抑的病恹恹的阴暗氛围。

一楼的窗户刚被打开，马上有一股风穿堂而过，吹起阵阵灰尘。格蕾琴觉得没有必要把两层楼的窗户全部打开。这时候，楼上某个房间的门咯咯响起来。

格蕾琴觉得大理石壁炉上的镜子值得一拍，她希望能够从镜面黑暗和光亮的反射中得到意想不到的效果。艾迪对厨房更感兴趣，墙上挂着的铜质厨具没有被偷走。虽然这些物件都已经失去光泽，但精巧的设计还是值得城堡主人将它们挂在这里。

梅奈尔来到通往楼上的石梯脚下。哪间屋子的门在咯咯作响？难道她们忘记把梅奈尼的房门关上？一个人上楼她觉得有点儿害怕。她走上一级台阶，又听见轻轻的敲打声，她突然下定决心大步爬上楼梯。

声音从左边传来，梅奈尔记得梅奈尼的卧室是在右边。走廊里黑漆漆的一片，梅奈尔眯着双眼，发现房门是

因为穿堂风而在摇摆作响。房门晃荡的声音变大，吓了梅奈尔一跳，那声音好像是邀请她进去瞧瞧。

梅奈尔谨慎地向前走，一只手扶在墙上。她停下深吸一口气时咳嗽起来，讨厌的灰尘……

她打开门，跟她想得一样，这里是间卧室。窗户上有块玻璃碎了，因而会有穿堂风进来。梅奈尔站在门口往屋里看，能清楚地看到一张有栏杆的床，下面装有很宽的床柱，还有一个乡村风格的衣柜。没什么好害怕的物品。

梅奈尔走进屋里，衣柜的对面是个本地人称作“女人柜”的小衣橱。衣橱上有块镜子。梅奈尔走到床后，可以模糊地看见镜子中自己的形象。她想要给自己拍张照片，然而自动开启的闪光灯吓了她一跳。她现在已经适应了屋里的昏暗，她把闪光灯关闭了，却没有意识到她的相机并没有她那么敏感可以适应这种昏暗。她从床的另一边又给镜中的自己照了张相片。

艾迪在楼下叫她，到该离开吃午饭的时间了。

梅奈尔重新关上门以免它还咯咯响，然后走下楼去。

梅奈尔缠着艾迪直到她肯打电话给帮忙照顾猫咪的邻居，她要确定马尼埃和博卡欧达一切都好。当她得

知两只猫都没事后，也加入姐妹俩的队伍，在福希埃别墅里到处查看。

衣柜里只有些平常的衣物，墙上挂着的画后面也没有存放保险柜的暗格，中国瓷瓶里除了灰还是灰。格蕾琴坚持要钻到壁炉里检查一下，只发现了漆黑的木炭。

她们花了很长时间在书房里搜寻，发现了克拉丽丝的账本。格蕾琴觉得不会有什么发现，但艾迪却不这么认为。梅奈尔坐在一边翻着本旧书，格蕾琴把抽屉里的物品重新清点一遍。

突然，艾迪开始迅速翻阅账本上的记录。

"就是这个！"艾迪叫道，"我刚才没注意……这个地方很奇怪！从1987年开始，每年9月21号克拉丽丝都会从银行提取十万现金！"

"就是衣柜里那十万法郎？"格蕾琴问。

"对，"艾迪答道，"克拉丽丝9月28号突然去世，她应该有足够的时间取钱，但是……取这么多钱干什么用呢？"

"可能是填补一年的花销，"格蕾琴猜测，"就是一种储备而已……"

"也许被人勒索。"梅奈尔头都没抬地说道。

艾迪吃惊地看着梅奈尔。这不是第一次她被梅奈尔的想象力震惊。

“这……这到底什么意思?”格蕾琴前倾着身子问,“AB83570。”

“一组编号?银行账号?反正和克拉丽丝的银行账号不一样。”

“克拉丽丝是不是把十万法郎存到另一个银行了?”

“瑞士的秘密账户。”梅奈尔说。

格蕾琴笑起来。

“你哪儿来的这么多主意?为什么克拉丽丝需要在瑞士开个账户?至于勒索……我不相信克拉丽丝做了什么坏事要为此被敲诈……该死!十年过去了,都不止一百万法郎!”

“AB83570,”艾迪重复道,“对,每次克拉丽丝都会在这栏里标注十万法郎。这应该意味着什么。”

梅奈尔站起身,她也走过来看着账本上的记录。

“9月,”她说,“外婆每年9月底总会出门旅游。”

“真的吗?”艾迪问,“去了哪儿?”

“哦,是去疗养,”梅奈尔回答,“会去一个礼拜。纸上写着呢,坐火车去的埃斯……埃斯帕龙?”

“对,有道理!”艾迪叫嚷着,“埃斯帕龙!是一个著名的疗养胜地,尤其对那些有呼吸道问题的病人。”

“那她需要十万法郎去买药片吗?”格蕾琴说。

“这没有什么必然联系啊,”艾迪答道,“埃斯帕龙,

是在瓦尔省，对吧？”

“那又怎么样？”格蕾琴说。

“83……”艾迪低声说道，眼睛里闪烁着光芒，“埃斯帕龙地区的邮编是多少？”

格蕾琴耸耸肩表示不清楚。艾迪翻阅书桌上的一堆纸。克拉丽丝的记事本上有按字母顺序排的各地邮编。她找到了。

“嗯……埃斯帕龙83560，不对啊……”

“账本上是多少？”格蕾琴问。

“AB83570。等等，这儿有了！83570！科蒂尼亚克！”

“从来没听说过这地方！”

“我也没听说过，”梅奈尔说，“如果这是邮编的话，那AB应该是名字的缩写喽？”

“有可能吧，”艾迪回答说，“很明显，这也可能仅仅是巧合，银行账户号和邮编一样。”

格蕾琴抢过克拉丽丝的记事本，不幸的是，没有姓名是以A或B打头的住在科蒂尼亚克的人。她很仔细地查看每一页，也没找到83570这组数字。

“看，有我们的名字。”她说，“嗯！克拉丽丝没有更新记事本上的信息！这是我们原来住在鲁昂的地址！”

“我不记得她曾给我们写过信。”艾迪说。

梅奈尔用手指着同一页，就在格朗蒂埃·艾迪-格蕾

琴下面几行，还有奥黛特·加卢瓦的名字。

“奥黛特！”她惊叫道。

奥黛特。27300贝尔内。

格朗蒂埃姐妹俩交换了一下眼神，奥黛特·加卢瓦从1938年就开始在城堡生活，她怎么还会住在贝尔内？

奥黛特从镇上回来的时候夜色快要降临了。她从镇上的一个大超市购物回来，这么大型的超市坐落在小镇上显得很不相称。但是，实际上镇上所有的人，包括周围乡村的村民都会来这里采购。另外这个地方没什么名气，奥黛特去那儿也不会引起别人的注意。

她推开栅栏门，在阴森森的树林映衬下可以看到夕阳落山时照射的最后一缕光。这天夜里不会下雨了，奥黛特心想。

奥黛特走进家中，突然从橡树后跳出一个黑影，她没被吓着，却用恐慌的眼神扫视四周。

“您不知道？”她说，“这儿有宪兵！”

“宪兵都离开了，”男人回答道，整理整理手套，“别在外面站着。”

访客跟着奥黛特进了屋。

“您到底想干吗？”奥黛特一边将塑料带放在桌上一边问道。

“找您谈谈……您知道是什么事。”

奥黛特低声抱怨,多少年来总是问同样的问题。

“您脑子有病!我告诉您一百遍了我什么都不知道!”

“说吧,奥黛特……我肯定如果您真能仔细想想,也许一个您没在意的细节,就足以让我们一辈子衣食无忧!”

“我哪儿知道珠宝在哪儿!我从来都不知道!”

“再静静地想想,最后一次看到是在‘二战’后的一次晚宴上。维克多的夫人那天戴着。是这样吗?”

奥黛特的眼睛变得模糊,不,不是这样。最后一次……

“对。”她回答。

“晚宴之后,苏珊把珠宝放哪儿去了?她应该有个暗格或是保险箱之类的东西!您住在这儿,您应该知道!”

“为什么我该知道?”她说,“您觉得德·阿维庸夫妇可能会把保险箱的钥匙或钱包给女仆保管?”

“这么说,有保险箱!”

“当然没有!我不知道!让我静一静!”

访客戴着手套的手在裤子上用力摩擦。他突然很想把这疯女人勒死,但还是强颜欢笑。

“好吧,我们改天再谈这个……”

“为什么还要谈?”奥黛特问,“唯一可能知道这件事

的就是克拉丽丝！”

“我确定珠宝并不在克拉丽丝留给小家伙的遗产清单上。维克多肯定是把珠宝藏在城堡里，克拉丽丝应该并不知情！她那么喜欢珠宝，如果在她手里，她一定会戴着，这很明显。另外，她将城堡锁上的时候您在这儿，她难道没有找吗？”

“我不在这儿。”奥黛特回答。

访客身子微微颤抖一下，奥黛特从未跟他说起过。

“怎么会，您怎么会不在这儿？是克拉丽丝亲手把钥匙给您的？”

“是，是后来给的，在我这小茅屋里给我的。她锁上城堡的时候我不在这儿。我不知道她之前做了什么。”

“那您在哪儿？”

“我不记得了。”

“这不可能！”访客愤怒地叫道，“您照顾维克多！您必然在这儿！”

“不。”

“噢，可能您不在而是去准备葬礼了？”

“我不记得了。”奥黛特执拗地说。

什么也没有问出来，访客得再找个夜晚过来，暴风雨的夜晚。几个月前，当他来这儿偷家具的时候，突然下起了雨，最后演变成暴风雨。在回去的路上，他发现奥黛

特在树林里,被吓坏了,满脸惊恐的表情,坐在地上害怕地呻吟着。他试着靠近,但一被发现,奥黛特就开始大声吼叫。奥黛特硬说梅奈尼的鬼魂会在暴风雨的夜晚回到城堡。他怀疑这就是她恐惧的原因。突然,她像是在跟另外一个人说话:“戴着珠宝的公主!身着黑色礼服的男人……不!”

在当时那种疯癫的情形下,他不可能要求奥黛特解释。第二天,他再次来到奥黛特的茅屋,奥黛特却好像什么都忘了。

访客最后终于离开了。奥黛特在昏暗之中坐了很长时间。她最后一次看见珠宝是……印象里有个小姑娘在城堡里——一个长发散乱着的小姑娘。镶着钻石的金冠浮现在奥黛特忧郁深陷的双眼里。

晚饭的时候格朗蒂埃姐妹俩做了个决定,既然她们有奥黛特在贝尔内的地址,她们就该去看看。当然她们可以打电话,但是经过一番思索之后,她们还是想去现场看看。这次旅行激发了格蕾琴照相的激情,也就是说她很想去乡村照点儿照片。在这样一个初秋的日子里去田间走走是多么惬意的一件事!她们不知道为什么奥黛特会有另一座寓所,因为她并没有多少钱。没有人能回答这个问题。

清晨的雾气很重，幸运的是白天的阳光很快驱散了浓雾。像预期的一样，到贝尔内六十公里，需要开两个小时的车。梅奈尔跟格朗蒂埃姐妹俩一样，成了摄影迷，看到枯死的树木或是美丽的风景她也会兴奋不已。艾迪告诉她如何选取拍照的对象以及最好的取景方式。梅奈尔沉醉其中，她希望有一天自己也能成为《国家地理》的摄影师。

贝尔内是座小城。她们先绕道去看了座11世纪建的教堂和几处别的风景，最后找到可能属于奥黛特的寓所——一间小屋，被两间相同的小屋夹着。格蕾琴毫不犹豫就敲起门来。

一位年迈、身着粉红色衣服的丰满女性为她们打开了门。

“请问找谁？”她和蔼地问道。

“夫人，”格蕾琴稍显紧张地说，“是这样，我们……我们在找奥黛特·加卢瓦。”

“我就是。”夫人回答道。

第八章

故事的另一版本

看到格朗蒂埃姐妹和梅奈尔目瞪口呆的表情，身着粉红色衣服的年迈夫人又说了一遍：

“我就是奥黛特·加卢瓦。你们是……”

“怎么回事！”格蕾琴说，“可能出了点儿差错……您是曾在德·阿维庸城堡工作过吗？”

“对，就是我！”

“是这样，有人冒充您继续在那儿工作！”

在解释一番、喝了两杯柠檬水之后，奥黛特·加卢瓦夫人表达了报警的意愿。格蕾琴劝她打消这个念头，反正宪兵队已经介入了，现在只要通知里夏尔上校就够了。

“我总感觉这个‘奥黛特’隐藏着什么，”艾迪说，“简直难以置信！从没人想过去核实她的身份！依我看，她肯定是窃贼的帮凶……窃贼也有可能就是杀死贝阿特丽丝的凶手。他设的这个局，找来一个假‘奥黛特’，骗过了

所有人！她的伪装无懈可击：她是疯子！或者至少，她自以为是。”

尽管年龄不饶人，奥黛特·加卢瓦夫人仍然思维敏捷，没有被无耻之徒吓倒，她很想亲自揭穿冒充者的真面目。她在报上得知克拉丽丝去世的消息，但对她的堂妹贝阿特丽丝的被害却一无所知。虽然她不认识这个人，但克拉丽丝提过很多次。克拉丽丝显然很瞧不起这些亲戚，称呼他们是“喂不饱的禽兽”。然而她却对克拉丽丝跟她提到过格朗蒂埃姐妹没有什么印象。格蕾琴觉得年迈的夫人是不想惹她们生气，因为克拉丽丝说话刻薄得很，不留情面，肯定说过她们的坏话！

“我去参加了你外婆的葬礼，”奥黛特对梅奈尔说，“可我没看见你啊……”

“他们把我忘了。”梅奈尔毫无感情地答道。

“每年我都会见你外婆一次，”奥黛特继续说，“每年九月底，我会到利雪火车站找她，她在那儿乘火车去疗养。”

奥黛特停顿几秒，接着说：

“嗯！我可以告诉你为什么，没有什么不好的！尽管我也不知道为什么克拉丽丝夫人不想我去她家，她不想有人看见我。有时她的确很古怪。然而她会跟我定在火车站站台见面。反正，每年她会给我五万法郎现金，你们可

以猜到我的退休金微乎其微，但我保证没向克拉丽丝夫人张过口！但是克拉丽丝夫人认为我有权拿到这笔钱，因为是我照顾她的父亲直到去世。”

“五万法郎？”格蕾琴重复说，“不是十万法郎吗？”

奥黛特很吃惊地睁大双眼。她没有理由要撒谎！

“我们发现每年九月克拉丽丝都会从银行提取十万法郎现金，自从……对，自从维克多去世。”艾迪解释道，“这让我们很困惑，我想您能理解。您知道剩下的钱她用来干什么了吗？”

奥黛特表示她也不知道。克拉丽丝不是位轻易从钱包里拿钱给别人花的人，她对奥黛特如此慷慨真令人吃惊。年迈的奥黛特脸上露出微笑。

“哦……你们知道，乡下总是有很多不为人知的秘密，”她说，“虽然克拉丽丝夫人从没要求我不得对外泄露，但是言下之意……”

“什么秘密？”艾迪问。

奥黛特点点头，又倒了杯柠檬水。

“因为我见证了一些不光彩的事情，”她答道，“现在克拉丽丝夫人去世了，我可以说出来，我觉得这孩子有权利知道这些。但是我得事先说明：这些可不是什么特别好听的故事！”

梅奈尔稳稳地坐在扶手椅上，舒服极了。她希望故

事越悲惨越好，就像悲天悯人的惨剧里值得写入黑色小说的情节或是剧目。至于关不关乎她的家人不重要，对她来说，他们不过是些名字或是黑白照片，没有什么现实意义。

奥黛特的描述明显和假冒的“奥黛特”说得不一样，尽管一些细节说明假冒的那位对德·阿维庸家族的历史也很了解。

1938年梅奈尼出生那年，奥黛特来到德·阿维庸家工作。她并不是来做厨房的帮厨，而是保姆。这对当时富裕家庭来说是很常见的。奥黛特跟其他帮佣一样住在城堡里，她在二楼有间屋子。

苏珊对两个女儿毫不关心。奥黛特印象里苏珊是个自私的女人，只对如何保养自己的美丽容貌感兴趣。她的确天生丽质，但却毫无修养，只不过是副外秀中空的躯壳。

维克多就是另一码事了，他智慧过人却行为粗鲁。他继承了一大笔家族产业，也知道如何管理。他娶了位花容月貌的妻子，希望也会有活泼可爱的孩子。奥黛特不觉得他对没有男嗣感到伤心气恼，相反，只有克拉丽丝的外表让他很不安。维克多从不放过任何机会提醒自己的女儿是多么平庸，他还经常评价说没有一个男人会要这么丑陋还总喋喋不休的女人。苏珊跟丈夫观点一

致。只要克拉丽丝迎面走来，她会马上掉转头去，看来她对生出这样不像自己的女儿也感到恼火。

虽然克拉丽丝没有遗传到母亲的美貌，但她却继承了父亲过人的智慧。这是另一个错误！维克多难以忍受女儿的才思敏捷和巧言善变，因为克拉丽丝嘴里总藏不住话。很小的时候，她深邃的理性思维和敏锐的思考能力就让人惊叹不已。唉！为此她付出了沉重的代价。维克多简直就是十恶不赦的怪物。奥黛特一边说一边在颤抖。他不仅体罚孩子，还把克拉丽丝久久关在漆黑的仓库；为了不让她坐下休息，还把她的双手绑在架子上。没有人敢提出异议。不止一次她都打算撂挑子走人，但她没有这么做，因为只有她一个人安慰、照顾可怜的小克拉丽丝。有时候，维克多用骑马的缰绳把孩子打到流血，还说她就是一头耕地的母马，只配用缰绳。

后来，有了梅奈尼，那个讨人喜爱的孩子，一个渐渐长大最后变得非常迷人的小女孩。不仅仅是迷人，她还任性、不听话、好生气，但是她懂得欺骗和迷惑所有的人。只要接触外人，她就变成一位模范女孩。她做作的样子讨得所有人的欢心，大家都觉得她可爱、风趣，当然还十分漂亮。但这外表之下，她却是个龌龊的小坏蛋。她总给城堡里的仆人带来各种麻烦，就像她父亲，把他们都当作毫无用处的笨蛋……奥黛特怎么劝也没用。有一次

为了报复，梅奈尼甚至诬陷她，使她受到指责。梅奈尼偷偷溜进母亲的卧室想偷几滴香水，香水瓶掉到地上打碎了，奥黛特当场抓住并且责备了她。这时候妈妈进屋，梅奈尼毫不犹豫马上告状说是奥黛特打碎的瓶子。苏珊相信了，而且毫不怀疑！最后她从奥黛特的薪水里扣去了香水的钱。

维克多对小女儿的动人外貌很是喜欢，然而他却不像妻子那么容易被蒙骗。他对小女儿的学业要求也极为严格。梅奈尼小时候，他可以允许她犯些小错，但梅奈尼满六岁时，他就变得很强硬了。梅奈尼当然不笨，但她很懒惰。学前班读完，她还不会认字，修道院学校的修女建议她留级重读。这是维克多第一次对梅奈尼大发脾气。苏珊为她说好话，因而维克多只对她略施惩戒：她在假期必须加紧学习以便不用留级。可梅奈尼更喜欢的是玩耍而不是学习。更不公平的是他们要克拉丽丝对妹妹的学习负责，她要负责教妹妹梅奈尼识字。奥黛特至今还记得克拉丽丝为了让妹妹学习所做的努力，但是梅奈尼总是发脾气，躲到树林里逃课。可怜的克拉丽丝最后只能放任她去。开学后，修女果然拒绝让梅奈尼进入基础教育阶段学习，克拉丽丝那一整夜双手都被绑着关在仓库里，梅奈尼没有一丝内疚之情。

奥黛特停下来，喝了口水。梅奈尔一直都对姨外婆

悲惨的命运感到同情，在她的脑海里梅奈尼是个乖巧的女孩，有着深邃而又单纯的眼神。而现在，奥黛特却给她描绘了这样一个没心没肺的害人精的形象。她甚至担心地想到外婆童年时候的可怕生活。

“现在，”奥黛特继续说，“我应该跟你们说说1946年到底发生了什么。事情是这样的：年初的时候，附近又来了一些房产业主。有个企业主在城堡的不远处安了家，他叫欧内斯特·福希埃。他有个呆头呆脑、脸上长有带状疱疹的儿子名叫约瑟夫。维克多·德·阿维庸很快就和欧内斯特·福希埃建立起良好的关系，当然是利益关系。战争刚刚结束，很多人都想充分利用这大好时机。国家一片废墟，亟待重建，而财富就是在这样的烂摊子上积累的。德·阿维庸一家虽然殷实，但也受到战争的创伤，维克多可不是那种会让自己变得更富足的机会溜走的人。我很快意识到维克多脑袋里萌生的计划，他已经准备好把克拉丽丝嫁给约瑟夫。

“原来是这样！”格蕾琴惊叹道，“我一直以为克拉丽丝嫁给约瑟夫是为了躲避她的父亲！”

“当然不是，”奥黛特回答说，“她只是服从命令。我还见过，她无奈地试图努力和约瑟夫聊天儿。当然，约瑟夫很善良，但他真是太愚钝了。克拉丽丝那么细心而有教养，却不得不忍受呆头呆脑的约瑟夫。就像对后来的

事情一样，她没有抱怨，这不是她的个性。后来，我觉得，尽管那时候克拉丽丝还小，她却看到这是逃离令人厌恶的家庭的绝好机会。但悲剧发生了……”

“梅奈尼失踪了……”艾迪低声说。

“不是，”奥黛特说，“在这之前……”

奥黛特目不转睛地盯着手指甲，好掩饰一下自己湿润的眼睛。很快她把手放在自己烫过的头发上。

“如果我没记错的话，”她继续说道，“维克多很长时间都没再去亲戚家串门……”

“的确，”艾迪说，“我妈在战争之前就对他很恼火。我们也不清楚为什么……”

“我也不知道，”奥黛特说，“这不重要，只能说是没有人清楚的原因。德·阿维庸一家战前生活奢靡，经常宾朋满座。战争局势使得后来很少有人来城堡做客，后来维克多只是经常邀请福希埃。那是5月的一个周末……”

奥黛特的声音有些沙哑，她喝了一大口柠檬水，清了清嗓子。

那是5月的一个周末……大部分用人都不在。那天下午，屋子里只有奥黛特自己。

随着年龄的增长，梅奈尼没有什么改变，做作的样子也不再讨人喜欢，易怒的个性经常惹来严厉的惩罚。维克多有时打起她来下手很重。但即使这样，她也没有

什么改变。梅奈尼放肆无礼，行为古怪，经常做各种各样的蠢事。她做事冲动不过脑子，好像连好与坏的界限都无法把握。除了这些缺点以外，梅奈尼变得和她母亲一样只知道卖弄风情。她不停地要求买新衣服，苏珊惯着她，偏说还很新的衣服已经太小不能穿了。不过，梅奈尼最爱的却是珠宝。

她小心谨慎地溜进母亲的卧室，用眼前的各种化妆品打扮自己。而5月的这天，她发现了祖母玛丽亚娜的珠宝。她从哪儿拿的？这是个谜。很容易想象小女孩的喜悦之情。镶钻的王冠，项链，还有宝石手链，佩戴起来像公主一样。她对着屋里的大镜子欣赏自己，全身上下戴的都是皇家珠宝。不幸的是，维克多发现了她。他勃然大怒，因为这些珠宝都是他母亲留下来的，甚至连苏珊都很少被允许佩戴。梅奈尼对父亲的恼怒习以为常，但这次她也害怕了。她逃到走廊里，维克多在后面追，最后在楼梯口抓住了她。那天正好厨师不在，正在厨房准备晚餐的奥黛特听见梅奈尼的叫声跑出来。维克多要女儿取下珠宝，并要求她跪下请求原谅。梅奈尼用恶狠狠的眼神对抗着，不理会父亲的话。

维克多失去控制，他动手扇了梅奈尼几个耳光，梅奈尼倒在地上试图用手保护自己的脸。维克多抓着她的手腕，用力磕向墙角。梅奈尼的头撞到了墙上，她失去平

衡，奥黛特看着她向前倒下，从楼梯上滚下来。很快，地板上就出现一大摊血。奥黛特快步走向梅奈尼一动不动的身体，这时她以为梅奈尼或许已经死了。维克多站在楼梯上，一时无法动弹。

正在花园里的苏珊和克拉丽丝听到了吵闹声和喊叫声也冲进来。苏珊看到梅奈尼时大叫起来，立刻昏倒过去。克拉丽丝保持镇定，在奥黛特的帮助下她试着唤醒妹妹。梅奈尼呻吟着，身体微微颤抖。克拉丽丝决定要尽快通知医生，这时候，维克多才反应过来。

他走下楼，不顾克拉丽丝的反对，抱起了梅奈尼。他拒绝去找医生，而是把梅奈尼抱到卧室里。奥黛特也不知道如何是好。苏珊渐渐苏醒过来，奥黛特只好去照顾她。克拉丽丝跟着父亲，苏珊刚能动弹，奥黛特就搀扶着她走上楼梯。

奥黛特和苏珊走进屋子时，克拉丽丝正在照顾小梅奈尼。伤口在额头的头皮附近，流了大量的血，很明显需要缝合。苏珊泪眼汪汪央求丈夫打电话叫来家庭医生巴雷先生。但是他拒绝了，他甚至还冲着克拉丽丝喊，因为她没能止住血。

“最后是我做的决定，”奥黛特说，“我声明如果不让我通知医生的话，我就告诉警察是维克多将女儿推下楼梯的。天哪！我都不知道那天哪儿来的勇气顶撞维克多！

我不太喜欢梅奈尼，这是事实……但她还只是个孩子！”

维克多声称这只是个意外，并说没人会相信奥黛特。梅奈尼的枕头全被鲜血染红了，这一幕太恐怖了。维克多最后也明白了，如果不采取行动，梅奈尼将会死去。

最后还是叫来了巴雷医生。他给梅奈尼的伤口缝完针，告知梅奈尼的一只胳膊断了。他希望把梅奈尼送到医院做检查。他担心梅奈尼会有颅骨骨折。维克多把医生叫到一边。奥黛特听不到他们说了些什么，但是维克多有办法说服巴雷医生就在现场医治梅奈尼。

“这真是让人难以置信，”奥黛特说，“但事实就是这样。我后来也对巴雷医生心怀怨恨……因为从楼梯上摔下来的后果很严重。”

两个小时后梅奈尼恢复了意识，她看上去还算正常，只是抱怨伤口疼痛。接下来的日子，梅奈尼一直躺在床上，奥黛特是唯一被允许照顾她的女佣，其他人都不知情。维克多威胁奥黛特，如果敢把她所看到的告诉别人，就把她赶出去，一分钱都不给。

梅奈尼不小心从楼梯上跌下来，只有这个是她可以说的。由于梅奈尼慢慢在恢复，奥黛特就按维克多的要求做了。

6月到了，梅奈尼没有去学校上课。她在卧室里吃饭、玩耍，从不出门。直到三个礼拜后，奥黛特才发现有

些事不对劲。

梅奈尼有三个漂亮的中国瓷娃娃，她拿着它们在玩具屋里走来走去，奥黛特在屋里清洁家具。突然，梅奈尼拿起一个娃娃对着桌角猛烈地敲打起来。

“别动！别动珠宝！”她叫道。

瓷娃娃的头被敲碎了，梅奈尼笑起来，发出歇斯底里的笑声。然后，她身体痉挛倒在地上打起滚儿来。奥黛特把她搂在怀里，费了九牛二虎之力才让她安静下来。

接下来，梅奈尼出现了好几次类似的情况。奥黛特后来得知这可能是手足抽搐症。但这并不是唯一的问题。这次事故以前梅奈尼的行为就已经很古怪，现在更严重了。她动不动就发怒，通常最后都会出现手足抽搐的症状。尤其是她总是会说些毫无联系的句子，而这些话都是她父亲曾经说过的。有一次，她从房里逃出来，一丝不挂，在客厅里到处乱跑。她跑到父亲身边，在地上打滚儿请求父亲抱她！奥黛特好几次看到她蹲在地上小便。这种情况下必须把她反锁在屋里，因为这种情况是不应该让用人们撞见的，不是吗？但是屋子里只有用人……

还有福希埃一家。刚开始我们借口梅奈尼因为跌下楼梯所以一直卧床休息，后来声称她着凉了。随着假期的来临，越来越难解释为什么她还待在屋里不出来。她

不用去上学吗?不可能把她送回学校,最后只能承认她精神不正常……

维克多很希望克拉丽丝能嫁给约瑟夫。当欧内斯特·福希埃知道这个消息后会是什么反应?在德·阿维庸家族近乎完美的家谱里,梅奈尼是一个污点。

悲惨的8月的那天终于到来了。很碰巧,家里的两位女佣请假,厨师刚刚分娩也不在,维克多派奥黛特跑腿儿去城里寄一封很急的信。城堡里因此就没有让人讨厌的目击者……

奥黛特回来的时候,暴风雨正好来临,天上下起瓢泼大雨,她得知梅奈尼从屋里逃了出去。怎么会发生这种事?人们开始四处寻找。一天天过去,却一直没有找到。

奥黛特看着格朗蒂埃姐妹和梅奈尔。

"可是……可是……"艾迪结结巴巴地说道,"您不会是想说……"

奥黛特严肃地点点头。梅奈尔听着她的声音,感到毛骨悚然。

"对。我肯定是他,维克多,他把梅奈尼杀害了。"

第九章

克拉丽丝夫人

由于格蕾琴突然昏倒，对话被打断了。艾迪让奥黛特夫人放心：格蕾琴是因为对她所描述的事情过于激动而猝倒，状况不是很严重，只要等会儿就会好。奥黛特没有做任何评论，但是显而易见，这家人都太奇怪了！

格蕾琴苏醒后，奥黛特执意留她们吃晚饭。她还有很多话要说，这么多年终于可以跟人说出憋在心中许久的话了。

“我也不能证实，”她一边拌沙拉一边说，“甚至当时我都不觉得维克多就是凶手。他看上去的确很卖力，四处寻找……我想是为了混淆人们的视线！后来，我开始琢磨，梅奈尼是怎么从房间里逃出去的呢？可能是克拉丽丝趁我不在去看她，忘记把门锁上……由于接下来的严重后果，她没敢承认？但梅奈尼是从哪儿出去的呢？从前门出去？可是苏珊和克拉丽丝都在园子里。厨房的门倒是正对着树林，很容易就能从林中穿过到达大路上。

我猜想这就是维克多选择的路线。至于他到底对小东西做了什么，这个……再也不得而知。”

“即便……”艾迪惊叹道，“即便维克多是个十恶不赦的混蛋，但也不会因此杀害自己的亲生女儿啊！”

“很长时间以来我也不愿相信，”奥黛特回答说，“看来，我应该告诉你们接下来发生了什么。”

找到梅奈尼的希望越来越渺茫，苏珊的健康状况也越来越糟。奥黛特从来就不喜欢女主人，但是至少有一件事她是认可的：苏珊宠爱自己的小女儿，而且她的痛苦也是真实的。她经常几个小时不停地默默流泪，也不吃任何东西。克拉丽丝也不知所措，像个地狱的幽灵在林子里到处游荡。有一天，奥黛特陪着她一起去林中，好让她振作点儿。

奥黛特向桌边靠了靠，用手指着戴在梅奈尔脖子上的金色项链。

“这条……”她说，“这条金色项链梅奈尼从未摘下过。就在这天，和克拉丽丝一起散步的时候，我找到了它。它被丢在城堡的外面，路边的草坪上，就在栅栏门前面——之前一直没人发现，真令人吃惊——阳光照在上面，我发现草坪里有什么东西闪闪发亮，就走近看看。项链少了一半，差不多变形了，我把它矫正了一点儿……我们又四处找了找，但没有发现另一半。我想可能梅奈

尼在此挣扎过，或者是手足抽搐症又犯了。项链应该是被扯下来掉在地上，后来被踩碎了。克拉丽丝留下项链，总是把它藏着。我和她都没有向任何人提起过这件事。反正这条项链也没什么用。”

到了1946年年末，苏珊渐渐康复了。维克多对自己的妻子很麻木。他对克拉丽丝的态度也一如既往地恶劣。一有人在他面前提起梅奈尼的名字，他就大发雷霆。在奥黛特看来，他希望把梅奈尼淡忘。

苏珊又跟以前一样行为愚蠢不堪了。2月中旬的一次晚会，在福希埃一家的陪伴下，她决定穿一件薄薄的袒胸露肩的裙子。那天城堡里寒气逼人，水面都结冰了，苏珊冻感冒了，感冒最后转成了肺炎，她后来就因为这个病死了。从那时起，就只有克拉丽丝一个人独自面对父亲了。维克多只关心自己的生意，因此克拉丽丝经常去福希埃别墅，她很喜欢那里。两年以后，她答应嫁给约瑟夫。

就在婚礼前几天，克拉丽丝把奥黛特叫到一旁。她请求奥黛特照顾父亲，这让奥黛特吃了一惊。可见克拉丽丝是个有孝心的孩子，她觉得这是她的责任和义务。但就从克拉丽丝结婚那一刻起，她决定再也不回城堡去。同时她也拒绝父亲来看她——克拉丽丝在那家是女主人，而她不欢迎维克多来。

家里的仆人因为维克多的坏脾气而一个个离开。奥黛特不得不对每一位女佣的工作大加赞扬，以便把她留下来。城堡里最后就只剩下她陪伴维克多。维克多从不打扰她，而她也与维克多相安无事，直到男主人生病。他年纪大了，不能走动，生命的最后几个月就是在床上度过的。他很难伺候，但是奥黛特还是坚持了下来。

就在去世前不久，维克多感到大限将至，他请求奥黛特把克拉丽丝喊来。奥黛特很吃惊，因为他从来没提起过克拉丽丝。奥黛特可怜他，最后成功说服了克拉丽丝回来。

“我还记得，克拉丽丝夫人，”奥黛特说，“裹着披肩，一动不动地站在楼梯前，脸色凝重。她缓步走上台阶，好像很不情愿。我待在楼下，不知道他们说了些什么。十五或二十分钟后，我听到吵嚷声，立刻就冲上楼去。天啊！我愣在那儿，呆若木鸡！克拉丽丝夫人平时那么矜持，任何情况下都镇定严肃的人那时竟然真的发起火来。她抬起床上的垫子，维克多甚至摔到了地上！垫子下面的床板中有个口袋，里面放着玛丽亚娜的珠宝。我就知道。我的意思是说，我早就知道自从卧病在床，维克多就睡在珠宝上。克拉丽丝夫人夺过珠宝。维克多躺在地上呻吟，请求帮助。克拉丽丝出门之前回过头，她说：‘这些东西，我发誓会让你带着它们一起下地狱！’然后她就离开了。

就是这样。而我，我重新把维克多扶到床上……”

“这样的话……”格蕾琴说，“珠宝就在克拉丽丝那儿。她拿它们做什么了呢？”

“一无所知，”奥黛特回答，“我们没谈及过这个话题。维克多1987年9月去世，城堡被锁了起来。依我看，维克多对他女儿坦白了，他承认谋杀了梅奈尼。克拉丽丝如此强烈的反应证明我说得有道理。维克多死了，克拉丽丝什么也没说。但我确定，玛丽亚娜的珠宝是所有这一切的导火索。我想这就是为什么克拉丽丝夫人把它们拿走，她是为了复仇。维克多太在意这些珠宝了，甚至睡觉都不离开！另外，克拉丽丝终于打击了维克多，就在他还没有完全丧失神志的时候，维克多坚持要我带他去女儿家中！幸好，他已经没有力气再发怒了。”

“我真不知道您是如何忍受这个混……维克多这么多年的！”格蕾琴说。

“嗯……他们付我薪水！”奥黛特简单回答一句。

回家途中的对话很活跃。艾迪确信是维克多杀死了女儿，以防丑闻使得自己的计划落空。梅奈尔也同意。格蕾琴有所保留，但很明显，这是梅奈尼失踪的原因。

否则的话，到底发生了什么？德·阿维庸一家很富有但并没有人来勒索钱财。卑鄙的谋杀？没有尸体，因而也

没有证据……离家出走?事故?应该能找到梅奈尼。谜底还没有揭开。

艾迪建议去宪兵队,因为在城堡里还有一位假冒的“奥黛特”需要揭露。格蕾琴不同意这么做,她希望能够亲自揭发冒充者的恶行。她想进行调查,能像夏洛克·福尔摩斯那样说话:“先生们,这就是罪犯为什么并且如何……”还有就是数字组合AB83570也困扰着她。

一回到福希埃别墅,格蕾琴马上冲向电脑。科蒂尼亚克83570。

“你要给所有姓名是AB开头的人打电话吗?”艾迪冷笑道。

“为什么不呢?”格蕾琴回答说,“应该不会有那么多……而且我们看到某个名字也许会提示我们点儿什么。快看!”

格蕾琴用手指着屏幕。

“‘阿里斯蒂德·邦唐疗养院’,”艾迪读出来,“那又怎样?你觉得克拉丽丝打算去那儿?”

“我们马上就会知道了。”格蕾琴一边拨通号码一边说。

艾迪一下抢过话筒。

“等会儿!还是我来!你毫无处理外交事务的能力。总而言之,你反应太慢。”

格蕾琴笑着接通扬声器。

“邦唐疗养院。”电话线的另一头传来女人的声音。

“您好,夫人。请帮我接通经理电话。”

“请问您是?”

“德·阿维庸-福希埃夫人。”

格蕾琴做了个手势表示:“你太厚颜无耻了!”应答机播放一段音乐后,一个男人接听了电话。

“福希埃夫人!”他一上来就喊道,“我们还担心今年您不会来了呢!”

“先生,出现点儿问题,”艾迪说,“福希埃夫人去世了,我是她的遗嘱执行人。”

“去……去世了?”

“是的。福希埃夫人留下些指示是关于您的,我得承认自己并不是很确定那到底是关于什么……好像她每年都会支付您五万法郎?”

“嗯……是的,”经理犹豫了一会儿,“是捐款。”

“现金捐款,”艾迪确认说,“这有点儿不合常理。您能说清楚为什么福希埃夫人从1987年起,每年都会捐出如此可观的一笔钱吗?如果我不知道具体信息,可能就不能继续支付您这笔钱了。”

“可是……可是……毕竟,夫人,如果这是福希埃女士留下来的指示,那您就应该执行,不是吗?”

“这就不太清楚了，先生。她已经不在，我还需要把账目交给行政官员和福希埃女士的继承人。我可没权在没有合适理由的情况下就把钱取出来！”

经理一时找不出话来回答，但很快就找到词来圆场。

“这是捐款，夫人，我们无法为捐款提供证明。”

“这样的话，我恐怕福希埃夫人慷慨捐资就只能取消……”

“那是您的问题。”经理咕哝着。

他挂了电话。

“真是没有教养！”艾迪说，“不过，我们有答案了。克拉丽丝剩下的五万法郎的确是支付给了阿里斯蒂德·邦唐疗养院。可是为什么呢？”

“而且从1987年开始……”格蕾琴补充道，“换句话说，从维克多去世开始。”

“不对。”梅奈尔突然说。

格朗蒂埃姐妹俩吃惊地看着她。

“不对，”梅奈尔重复说，“跟奥黛特一样，外婆给她钱是为了让她保守秘密。外婆给阿里斯蒂德先生捐款也是同样原因，不是因为维克多去世了，而是因为维克多在世时自己会去做。”

“给奥黛特我可以理解，”艾迪回答，“但是坐落在法

国另一头的疗养院，没意义啊！”

“疗养院是什么地方？”梅奈尔问。

“一般说来，是生病的人去的地方，”艾迪解释说，“不是医院，但也有医生和护士，同样一些年纪大的人也会去……”

“阿里斯蒂德·邦唐……”格蕾琴低声说，“很久了。这家疗养院应该存在不少年了。也许1987年那儿还不是疗养院！”

艾迪反应过来。格蕾琴说得很有道理。怎么才能获得更多关于这家疗养院的信息呢？思考过后，格蕾琴重新拨了一遍号码，还是一个女人接的电话。

“您好夫人，这里是瓦尔省社会安全中心，我们在制作一套信息卡片，需要些确切的信息。麻烦您能告诉我一下疗养院的开张日期吗？只要年份就够。”

“噢……这样！”接线员惊叹道，“嗯……您稍等……对了，门口的牌子上写着呢！我每天都能看见！‘阿里斯蒂德·邦唐医生收容所，从1939年开始接收病人！’对，就是这么写的。”

“收容所？”格蕾琴说。

“是的，那时候，这里只是接收些精神病患者和残疾人。现在这里都是很有钱的老家伙，对不起，是一些退休的人。”

“那什么时候变成疗养院的呢?”格蕾琴问。

“啊,嗯……这我得问问邦唐先生。”

“他还活着?”格蕾琴叫道。

“不,不是阿里斯蒂德先生!他的儿子,是我们现在的经理。您能等会儿吗?”

“不用,没关系,”格蕾琴赶紧回答,“1939年,太好了。谢谢,再见。”

“你们都是天生的可恶骗子,你们俩都是。”梅奈尔说。

“收容所!”艾迪喊着,“那就完全不同了。”

“也许吧,”格蕾琴说,“尽管我没看出有什么不同!”

“这样就很明显了。”梅奈尔答道。

梅奈尔又一次惊呆了两位监护人。

第十章

黑衣男子

“你又在想什么?”格蕾琴问。

“是这样。”梅奈尔推断说,“奥黛特跟我们说起过家庭医生巴雷先生。她说过,维克多说服他保守秘密,按照他所要求的去做。他是一位医生,应该认识很多其他的大夫,对吧?就是这样,巴雷医生认识阿里斯蒂德·邦唐先生,这样就方便极了,因为他在离城堡很远很远的地方有家收容所!1946年8月6号,维克多派人绑架了梅奈尼。之所以找不到她是因为她在科蒂尼亚克,法国的另一头!临终前,维克多把这一切都告诉给克拉丽丝,只有一个原因:梅奈尼一直活着,需要支付给阿里斯蒂德钱他才继续照顾她!”

“太对了!”艾迪叫嚷着,“没错,五万法郎,就是为这个!”

“就目前看来,好像不太……”格蕾琴说,“原来的收容所现在已经变成了高档的疗养院,五万法郎一年,应

该不够。”

“除非梅奈尼已经死了，”艾迪说，“克拉丽丝的‘捐款’其实是让这位亲爱的经理守口如瓶。他其实也没什么过错，毕竟那的确是家收纳疯子的收容所。”

“嗯，”格蕾琴说，“尽管如此，这么做还是值得怀疑……我猜想维克多是要求他们掩饰梅奈尼的身份，后来的事也证明没有人发现真相！这个坏蛋！很有可能1987年梅奈尼还活着，那时她应该49岁。克拉丽丝每年去疗养可能是为了看自己的妹妹，然后把梅奈尼留在阿里斯蒂德医生的疗养院……害怕丑闻暴露？很有可能。那梅奈尼的病情怎么样了呢？完全疯了？疗养院那边会好好儿照顾她吗？”

“她只有七岁……”艾迪说，“她可能全都忘记了……可怜的孩子……”

“那也总比溺死在湖底强吧。”艾迪答道。

“坦白地说，还真说不准！”艾迪不满道，“我们也不知道这些年他们是怎么对待她的！还有，想想这些年苏珊和克拉丽丝是多么忧郁难过！这简直是无法用言语表达的残酷。”

梅奈尔感到很自豪，因为格朗蒂埃姐妹俩立刻接受了她的观点。

“现在，我觉得真的应该去宪兵队报警，”艾迪继续

说，“他们应该去调查梅奈尼是否已经死了！”

“这么做会使事情变得更复杂，”格蕾琴答道，“因为梅奈尼应该继承父亲死后留下来的遗产！”

“没关系，”梅奈尔说，“我不想要那座城堡。”

“不仅仅是城堡，还有德·阿维庸家的财产。如果梅奈尼真的疯了，那还真不好处理！”

格蕾琴不顾艾迪的反对，坚持认为现在去通知宪兵队为时过早，因为她脑子里还想着亲自揭穿窃贼和杀死贝阿特丽丝的嫌犯。要想达到这个目的，首先就要从冒充奥黛特的人着手。

夜色降临，天上又下起雨来。格蕾琴一边吃着奶油贻贝一边苦思冥想自己的计划。她把餐盘推开，双手抱拳放在桌上。

“我们走！现在就去！”

“什么现在就去？”艾迪惊愕地问道。

“白天我们可能像上次那样错过‘奥黛特’，现在这个时间，她肯定在家！而且她肯定没料到我们会去，我们会让她大吃一惊。”

梅奈尔瞧了眼餐厅壁炉上的摆钟，九点半。自从和格朗蒂埃姐妹生活在一起，她每天晚饭吃得都很晚。

“她可能已经睡下了！”她说，“我们去不会吓着她吗？”

“我正希望如此！”格蕾琴摩拳擦掌说道。

“她有可能还准备好猎枪欢迎我们，装上子弹的！”

格蕾琴没想过这些，她提议把梅奈尔留在家里。

“不行！”梅奈尔抗议，“我讨厌一个人待在家里！”

姐妹俩做了让步，但有一个条件：梅奈尔只有听到叫声才能进入小茅屋。

傍晚的蒙蒙细雨现在已变成滂沱大雨，气温再次骤降，远处雷声轰鸣。梅奈尔不再那么惧怕幽灵了，因为梅奈尼很有可能还没有死……格蕾琴认为假冒的奥黛特编出这些故事是为了恐吓她们，让她们别靠近城堡。根本没有幽灵……艾迪小心翼翼地在泥泞的路上开着车。她们离德·阿维庸领地越近，雨下得越大。为小心起见，艾迪把车停在通往城堡的路上，三个裹着风帽的侧影步行到栅栏门口。门半掩着。

一道闪电正好在城堡上方划过，照亮屋顶。梅奈尔不禁打了个寒战，艾迪抓起她的手。

小茅屋里一片黑暗。

“在这棵树后面躲着……”艾迪轻声说。

梅奈尔很听话，即使一个人躲在树林里也没有这个主意好。格蕾琴试着推推门把手，门开了。姐妹俩悄悄走进屋子。厅里空无一人，小卧室里也一样。格蕾琴把灯打开，奥黛特不在。

艾迪叫了一声梅奈尔，梅奈尔终于松了口气。

“她这么晚还出门真奇怪，”格蕾琴说，“除非……她正在洗劫城堡里剩下的东西！”

艾迪环顾四周，如果奥黛特真的是窃贼，那怎么解释她住在一个这么寒酸的地方？她的眼睛在洗涤槽上空停住，有些餐具被放在这儿晾干……艾迪打着哆嗦——就在餐盘上有六把材质不寻常的汤勺。她拿起一把。

“你在干什么？”格蕾琴问。

“这是……等等，我想想，牛角……我知道了！这是……你肯定不知道，你不可能记得，你那时在睡觉！”

“你在说什么呢？”

“宣读遗嘱！我还记得布里尔先生的声音：‘……我的侄子阿尔弗雷德，我要把收藏的牛角制作的汤勺留给他，一共六个勺！’格蕾琴！就是他！小偷就是阿尔弗雷德！就是他杀害了贝阿特丽丝！”

“为什么他会把自己的那份遗产给‘奥黛特’？”格蕾琴问。

“因为这些东西一文不值！”艾迪回答，“也许是收买人心的小礼物而已！”

“阿尔弗雷德……”格蕾琴低声说道，“这个走路都走不好的酒鬼！如果是他，我们一定会给他好看！”

艾迪不想在附近耽搁时间，她希望赶紧离开去宪兵

队报警，揭露所有人：阿尔弗雷德，冒充的奥黛特，还有邦唐医生！刚开始，格蕾琴也这么认为。她关上灯，三人走出小茅屋。

又是一道闪电划过城堡上方的天空，一声惨叫在茫茫夜色里回荡。

梅奈尔躲在艾迪身边。是谁在叫？

“从那边传过来的……”格蕾琴吹口气说，手放在胸口。

那边……城堡里。

“你不是要犯病了吧？”艾迪担心地问。

“不，不，没事。”格蕾琴回答，“我们应该过去看看。”

“你开玩笑？”

但是格蕾琴没有开玩笑，有人惨叫说明可能某人有危险。

假冒的奥黛特，令人头疼的证人。阿尔弗雷德，罪犯。格蕾琴快步走进小茅屋拿起猎枪。没有子弹。算了，至少可以装装样子。

“梅奈尔，回到车上去！”艾迪命令道。

“不，不要！”梅奈尔恳求道。

“我们别无选择，”格蕾琴说，“我们不能再等了，也没有时间报警。如果这次能顺利脱险，我要买部手机！但是你，你现在要找地方藏起来。别藏在车上，太明显了，

藏到矮树林里，就在栅栏门旁。快去！”

格蕾琴一旦发起命令，再怎么表示不满也没有用。她的语气里带有某种含义——情况很紧急！

梅奈尔跑出大门，钻进矮树林里，她在栅栏门旁找块地方蹲下。不间断的闪电使她能够看见格朗蒂埃姐妹俩渐渐走远。不一会儿，她们消失在小路的拐弯处。

“就在这天，和克拉丽丝一起散步的时候，我找到了它。它被丢在城堡的外面，路边的草坪上，就在栅栏门前面……项链少了一半，差不多变形了……项链应该是被扯下来掉在地上，后来被踩碎了……”

梅奈尔就躲在奥黛特·加卢瓦捡到项链的地方，一点儿不偏，就在庄园的外面，栅栏门前。

梅奈尔解开雨衣，用冻僵的手指紧紧抓住破碎的心形项链。

林中的树木一直延伸到草坪上，掩蔽着姐妹俩不被发现。前面一片荒芜的空地没有遮挡的掩体，只能硬穿过去。暴风雨一点儿也没有减弱，天上的电闪雷鸣也丝毫没有停下的意思。

格蕾琴把手放在艾迪的手臂上。自从她们上次来，百叶窗就一直没关上，可以看见窗后的大厅里微弱的白光。也许是防风灯，因为它好像被固定住了。

又一阵撕心裂肺的惨叫声穿透夜空，接下来是痛苦的呻吟。

格蕾琴不再犹豫，迅速穿过空地。她等艾迪过来，然后轻轻推开城堡的大门。房门没有反锁。

她们听到一个极不耐烦、态度粗鲁的声音。

“你说不说，疯婆娘？珠宝！珠宝在哪儿？”

回答他的只是一阵呻吟声。

姐妹俩溜到大厅门口，她们可以看到防风灯就在地上。

“我确定你知道珠宝在哪儿！你会说出来的，对吧？”

“不……不……我没权利这么做……”

是奥黛特，毫无疑问。格蕾琴偷偷瞥了一眼，奥黛特趴在满是灰尘的地上蜷成一团，用胳膊护住头部。昏黄的灯光照着一个站立着的男子，他的影子一直映到墙上，样子很恐怖。男人身上穿着件黑色大衣，他稍显紧张地矫正着手套。

“老不死的东西！我已经受够啦！如果你还不全部告诉我，我就得教训你，直到你想起来！”

“别……别……别碰我……”

“我还没碰你呢！”他叫喊道。

“别碰珠宝……”

格蕾琴果断地走进大厅，手里拿着猎枪。

“把手举起来!”她喊道。

要是在平时,艾迪可能觉得这很荒唐可笑。但这次,她一点儿都不想笑。男人转过身来。

“别动。亲爱的‘老兄’!”格蕾琴说。

“您真是让我很恼火,老太婆,”阿尔弗雷德答道,“您想怎么样?开枪打我?用这把枪?我怀疑……这是奥黛特的武器,你们以为我认不出来?你们没有子弹!”

“您想试试吗?”艾迪问。

阿尔弗雷德开始冷笑,向前走了一步。格蕾琴摇了摇手中的枪好给自己点儿勇气。

“我们有三个人,”艾迪说,“您想怎么做?把我们都杀了?就像杀害贝阿特丽丝一样?清醒点儿吧!警察已经怀疑,用不了多久他们就会明白!您完蛋了。”

“是吗?”阿尔弗雷德答道,“我可不这么认为……”

对一个老酒鬼来说,阿尔弗雷德的动作算灵敏的了。他冲向格蕾琴,一把抢过猎枪,把格蕾琴推开,她差点儿失去平衡。艾迪虽然有些胖,但却快速扑向阿尔弗雷德。他推开艾迪,抓住机会用枪托砸了她一下。艾迪手捂着脸颊跪倒在地,鲜血顺着伤口流下来。

格蕾琴看到血吓坏了。由于肺部氧气供应不足,她也摔倒在地,像是布娃娃一样软绵绵地倒下,一动不动。

阿尔弗雷德大笑起来。

“还没到时候呢，你们的表演！”

艾迪感觉整个屋子都在旋转，她快要昏了。她把手伸向格蕾琴，突然她有了个主意。

“救命！”她喊道，“天哪！她心脏病犯了！需要急救，她心脏有病！可怜可怜她吧！”

昏迷中的格蕾琴听得到也看得见，就是不能动弹。她明白艾迪刚刚奋力一搏是想抓住最后的机会，试图让阿尔弗雷德相信她心脏病发作。几分钟后，格蕾琴有点儿知觉了，但是阿尔弗雷德却不知道。

“太完美了，‘亲爱的表妹’！”阿尔弗雷德回答道，“您帮我把问题简化了！”

“我求您了……”艾迪低声说，“您不能这么做……”

“怎么！少了一个？我甚至没有杀她！”

防风灯昏暗的光线下，艾迪看见一个黑影，这黑影映在墙上，越来越大。

接着，城堡里狂风大作，咆哮声起。

梅奈尔冻得发紫的小手紧紧握着项链，嘴唇也冻得发抖，心里害怕极了。头顶上狂风呼啸，吹得树枝左右摇摆。不祥的声音在林子里回荡。一棵树的枝丫被吹断了，在这暴风雨的天气待在树底下难道不危险吗？梅奈尔不知如何是好。她感觉自己已经在那儿待了一辈子，正在

慢慢变成冰雕。

当有只手抓住她，将她举起来时，她甚至都没有力气喊叫。

大风从正门涌进来，席卷着整个大厅，吹起地上成堆的灰尘。

艾迪还在地上一边呻吟、求救，一边观察着奥黛特。她刚刚站起来，现在已经站在阿尔弗雷德的身后。难道她意志恢复过来了？奥黛特低着头走向放在地上的防风灯。艾迪非常渴望她能冲向阿尔弗雷德，痛击他。

但当一个声音从背后传来时，艾迪失望了。

“我发誓，这真是场弥足珍贵的家庭聚会！”

纳塔利勒·福斯盖出现在大门口，手上抓着正在挣扎的梅奈尔。

“放开她！”艾迪叫道，“她还是个孩子！你们这些怪物！噢，天哪！原来你们三个人合谋……”

“完全正确，”纳塔利勒答道，“您得承认我们在公证人面前演得太好了，我们争先恐后地互相毁谤！嗨，奥黛特！您想什么呢？”

阿尔弗雷德转过身，看到奥黛特站在那儿两眼瞪得大大的，着实吓了一跳。她正盯着看的是梅奈尔敞开的衣角上闪闪发光的项链。阿尔弗雷德耸耸肩，奥黛特肯

定是神经不正常了。

“我们有个麻烦，”他说道，完全没有担心奥黛特，“老家伙心脏病犯了，这倒是省去不少麻烦。那其他人怎么办？”

“你们逃不掉的！”艾迪回答，“一切都结束了，放手吧。你们还有机会逃走，我现在最要紧的就是马上送格蕾琴去医院。我发誓不会对警察说的。”

“这么好？”阿尔弗雷德冷笑着，“您还会为我织件冬天的羊毛衫呢！”

格蕾琴全身发麻，微微抬起小拇指。

梅奈尔扭来扭去试图逃离纳塔利勒的手掌，项链左右晃荡着反射出金色的光。

奥黛特捡起防风灯，朝着阿尔弗雷德的后背用力砸去。他双腿弯曲却并没有倒下，灯被打碎掉在地上，屋里一下子陷入黑暗之中。一道闪电瞬间点亮屋里，足够艾迪捡起重击之下阿尔弗雷德丢下的猎枪。她拿着猎枪乱舞，正好打到阿尔弗雷德的胫骨。他大叫一声，这次，他摔倒在地。

梅奈尔狠狠地咬住纳塔利勒没被皮手套遮住的手腕。他咒骂着，想抓住梅奈尔的头发好让她松口。这时候，一双手掐住他的喉咙。梅奈尔滑到地上，逃脱出来。纳塔利勒还没弄清楚发生了什么事，只能一把抓住掐着

自己喉咙的手，试图推开攻击者。

在闪电的照亮下，他看到格蕾琴的脸庞，正努力做着怪相。

“快跑，梅奈尔！”她叫着，“快！”

但是他们堵住了去路，梅奈尔没法逃出去。一个黑影走过来，梅奈尔感觉有人紧紧地抓住她的肩膀，她马上知道是奥黛特。

纳塔利勒和格蕾琴很快倒向一边，在厚厚的灰土里打滚儿。就不松手！绝不！格蕾琴的双手像水蛭般紧紧地掐着纳塔利勒的喉咙。

奥黛特拉着梅奈尔到大厅，外面下着暴风雨，狂风怒号，大雨滂沱。奥黛特对闪电有所惧怕，她把梅奈尔带到厨房。

她走到大厅尽头，打开一扇拱门，然后把梅奈尔推进去。小女孩差一点儿摔倒，因为身后就是楼梯。

“别害怕，梅奈尼！”假冒的奥黛特轻声说，“这次，我不会让那些黑衣男子把你带走！”

奥黛特好像知道自己在做什么。梅奈尔跟着她，走下昏暗的楼梯。到了底部，梅奈尔碰到某种冰冷、潮湿的东西。铁货架，装酒瓶的格子。梅奈尔终于明白她在哪里了。这就是仓库。

这就是可怕的维克多关克拉丽丝禁闭的仓库。

第十一章

谁是谁?

艾迪试图逃离黑暗的屋子,此时,闪电断断续续,她的脸颊疼痛难忍。要是能昏过去不必忍受这种痛苦该多好。但是这个时候无论如何也得保持清醒。她手上拿着猎枪四处挥舞,可是阿尔弗雷德去哪儿了?艾迪没找到他,他应该已经重新站起来了。艾迪听见客厅门口有喘息声。

格蕾琴还在继续与纳塔利勒还有自己的老病做斗争。她已经筋疲力尽,打架可不是她这个年纪还能干的事!纳塔利勒也已经年纪不小,但他毕竟是个男人。他终于摆脱了格蕾琴,盛怒之下,他把格蕾琴甩得远远的。不幸的是,格蕾琴撞到大理石壁炉的角上,她摔倒在地,昏了过去。

屋里出现一束光线。纳塔利勒大衣里有把小手电筒,他首先要确认一下格蕾琴是否已经丧失了攻击能力。而艾迪知道这很危险,她试着避免被光线照到。屋子

太大而光线又很微弱，亮度不足。但是对阿尔弗雷德来说，这光线却足够了。他已经重新站了起来。他的脑袋可真够硬的！

阿尔弗雷德走到艾迪身后，双手抓着猎枪，举到艾迪脖子的高度，然后用力压着她的喉咙直到她窒息。这下艾迪也倒在了地上。

“蠢货！”纳塔利勒叫着，“奥黛特哪儿去了？还有那孩子？”

“跑了……”阿尔弗雷德一边按摩胫骨一边回答，“我们也走吧！”

“不行！”纳塔利勒说，“要么趁现在让那疯子说，要么永远也别想了！”

纳塔利勒走到前厅，在屋子正中间停下。屋外狂风呼啸，还有暴风雨，奥黛特会逃出去？他犹豫着。阿尔弗雷德走过来，他刚想说话，纳塔利勒立刻打断了他。

“嘘！听！”

有声音，就像玻璃被打碎的声音。

漆黑的仓库中，梅奈尔撞到了架子，一个空酒瓶掉到地上打碎，把她吓到了。

纳塔利勒对城堡再熟悉不过了，包括仓库，因为他偷光了里面所有的名酒。他开始冷笑，奥黛特肯定藏在里面。

他对阿尔弗雷德比划了一下，后者表示明白。两人走近仓库，纳塔利勒慢慢按下门把手，然后走了进去。

仓库下面，奥黛特注意到有一丝微弱的光线闪过，她搂着梅奈尔的肩膀，把她按到黑暗的角落蹲下，然后躲到仓库的最里面。

兄弟俩走下楼梯。

奥黛特要保护梅奈尼！她一直等待着，直到两个黑影走到架子后面，然后她用尽全身力量向前推。架子晃动起来，一些空瓶子滑到地上摔碎了。纳塔利勒迅速地躲开，阿尔弗雷德慢了一点儿但他脑子灵活，抓住铁架子向相反的方向推过去。架子嘎吱作响，最后回到原来的位置。奥黛特大叫着以吸引黑衣男子的注意。

离她远点儿，不惜一切代价让他们离梅奈尼远点儿。战术很有效：兄弟俩向奥黛特追过来。

梅奈尔没有再等，很快冲向仓库的楼梯，双手向前伸着，沿着台阶找路。

“疯婆子！”纳塔利勒一边叫，一边控制住奥黛特。

接着他一惊，有人把仓库的门给关上了！他嘴里咒骂着，扔下在阿尔弗雷德手里挣扎的奥黛特。

“嘿！别把我丢在这乌漆麻黑的地方！”他抱怨说。

“不能让老家伙跑了！”纳塔利勒说。

阿尔弗雷德试图让奥黛特跟着他，可是奥黛特的双

脚总是乱踢，正好踢中阿尔弗雷德受伤的地方。意识到阿尔弗雷德不能独自控制住奥黛特，纳塔利勒只好过来帮忙。他浪费了宝贵的时间。

到了前厅，梅奈尔也不知道该怎么办。去叫醒她的监护人？她害怕她们不会有任何反应。要是她们……死了？穿过树林逃跑？他们可能在路上重新抓住她。藏起来？藏哪儿去呢？时间紧迫，必须当机立断。快！赶紧！

大风吹得屋墙和百叶窗都在晃动，窗子能完好无损简直是奇迹。

上楼。

梅奈尔抓紧石梯的扶手爬上楼去。她只知道两个房间，一间是梅奈尼的，一间她曾在里面照过相。她选择去后面那间，因为她记得屋里有张大床，她肯定能躲在里面。

黑灯瞎火中，梅奈尔穿过走廊。终于，她到了。

她脸朝下趴着，鼻子对着满是灰尘的地面，集中注意力让自己不那么惊慌。她开始去想马尼埃曾趴在自己的膝盖上。

兄弟俩拖着死尸般的奥黛特来到前厅大门口。她的确把事情弄复杂了，因为她死活都不自己站着。阿尔弗雷德喘得跟头牛似的。

纳塔利勒看了看外面，小孩儿难道逃走了？或者可能与格朗蒂埃姐妹俩会合去了。他去确认，姐妹俩还没有恢复意识。但事实还是，孩子不在客厅里。

“你跟这老家伙待在这儿。”他命令道。

“别管她啦！”阿尔弗雷德回答，“她现在没什么用了。”

纳塔利勒很生气，马上就要达到目的了，绝对不能半途而废。

“我们总不会把她们都杀了吧？”阿尔弗雷德说。

“很快会发生一场火灾！”纳塔利勒冷笑道，“因为打雷而失火！”

“什么？你想放火烧了城堡？”

“只要让我拿到珠宝！”

阿尔弗雷德低声抱怨，自己的兄弟为珠宝的事都失去理智了。

楼上有扇门嘎吱作响，纳塔利勒皱皱眉头。在那儿……在那儿……

奥黛特看见纳塔利勒向石梯走去，她试图挣脱阿尔弗雷德抓着她的手腕。

“梅奈尼！”她喊道，“梅奈尼！”

纳塔利勒转过身，这老家伙把小女孩当成梅奈尼了！太好啦，他确定奥黛特有可能会说出来。为了拯救梅奈尼，奥黛特终于要说了。

纳塔利勒竖起耳朵走上二楼。走廊的左边，风穿堂而过，门被吹得晃来晃去。虽然梅奈尔刚刚很细心地关上了门，但是风还是从一块玻璃的破碎处钻进来，又把门吹开了。梅奈尔躲在床下，灰尘很厚，她呼吸困难。她快要窒息了，还冻得要死，冷汗浸湿了全身。但看到亮光，她立刻屏住呼吸。

纳塔利勒在门口停下，他先照了照大衣橱，然后才四处去看。他看到破碎的玻璃窗，以为是自己弄错了。远处雷声轰鸣，暴风雨开始远去，雨也没有那么大了。

梅奈尔快要窒息了，不得不吸了一口气。灰尘被吸进鼻子，为了不打喷嚏，她用手捂住嘴巴。床底下空间狭小，她的胳膊肘不小心碰到了床板。

纳塔利勒刚要转身离开，突然听见声音——从床底下传来的声音。他薄薄的嘴唇露出一丝坏笑。纳塔利勒轻轻地走到屋子的正中央，梅奈尔看着掠过地面的光线……

突然间，死一般的寂静。

不久前突如其来的狂风此时也戛然而止。

就连纳塔利勒也觉得这出人意料的寂静不正常。梅奈尔的心怦怦直跳，在这样的寂静里，她感觉不到寂静而是振聋发聩……

纳塔利勒向前倾着身子，照了照床底下。梅奈尔没

有别的选择，只能试着逃到床的另一边。她向大衣橱滑过去，还是趴在地上，希望不被发现。

“你觉得我会让你逃走吗？”纳塔利勒说。

梅奈尔站起身准备冲向开着的门。但是纳塔利勒堵住了她的路，她又躲到床后。

“过来！”纳塔利勒命令道。

梅奈尔看不到他的脸，因为纳塔利勒正用手电筒照着她。纳塔利勒有双重的黑影，其中一个是女式衣柜上那面镜子里的倒影。

这时梅奈尔所看到的，是后来任何人都无法解释的事情。在暴风雨后死一般的寂静里，女式衣柜发出沉闷的响声，纳塔利勒不禁转过身去。

衣柜慢慢地向前倒下来。

纳塔利勒没明白是怎么回事，他一动不动地站在那儿。

瞬间，衣柜砸下来，就像有人用惊人的力量推它似的。镜子碎了，木柜也裂成碎块。

在地上手电筒的照射下，梅奈尔看到戴着手套摇摆的手。纳塔利勒还没来得及叫一声，一块细长的镜片就穿透了他的喉咙，破裂的家具下流出一摊深色的污液。

手也停止了动弹。

寂静,接着就是这惊天动地的巨响。

奥黛特不再挣扎,她嘴里咕哝着毫无逻辑的语句,时不时发出刺耳的笑声。她看上去不再想逃脱,精神完全错乱了。

阿尔弗雷德叫了好几遍自己的堂兄,没有反应。黑暗中,失常的奥黛特使他局促不安,他也不知该如何是好。

风儿开始吹散天空中的乌云。月亮出来了,四周围着一圈水灵灵的光轮。朦胧而又苍白的月色微微照亮整个大地。

“哇,太美了!”奥黛特像个孩子似的说道,“太美了,月亮!”

由于纳塔利勒没有回答,阿尔弗雷德决定去看看发生了什么。他松开还在欣赏月景的奥黛特的手腕,小心翼翼地走上前几级楼梯,确定没事后快速爬上楼去。

奥黛特看着他。

“梅奈尼……”她轻声说,“黑衣男子……”

“快来找我,快来找我!”梅奈尼哀求着。奥黛特捂着耳朵不想听,但是这句话却牢牢地印在她的脑海里。

“好,我来找你!”

她站起身,快速冲到楼梯上面。阿尔弗雷德刚上楼,还在犹豫该往哪边走。

两只手抓住了他大衣的下端。他转过身，试图摆脱奥黛特。

“疯婆娘！放开我！”

奥黛特抓住他不放，阿尔弗雷德拳头挥空，一下子失去了平衡。他倒向奥黛特，俩人一齐在楼梯上翻滚，沿着台阶越滚越快。最后，阿尔弗雷德的头部狠狠地磕在扶手柱上，脖子咯吱一声扭断了。

奥黛特幸运得多，她最后滑到前厅的地板上，只有些挫伤。虽然有点儿失去知觉，但是总算捡了一条命。她把双臂伸向月光下显现的黑影。

“奥黛特！奥黛特！”她叫道，“好疼！”

艾迪俯身看着她，抚摸着她的额头。

“结束了……”她答道。

“你会照顾我，对吗，奥黛特？”

“当然。”艾迪说。

格蕾琴出现在客厅的门口，肩膀挺得直直的。

“梅奈尔呢？”她立刻问道。

“我在这儿……”楼梯上传来细微的声音。

梅奈尔全身发抖，抓着楼梯扶手走下来。

“他死了。”

艾迪看看阿尔弗雷德的尸体，毫无疑问他已经死了。梅奈尔跳了过去，她不想靠近。

“不是他，”梅奈尔说，“另外一个，是衣柜……有人推翻了衣柜。”

艾迪站起来把她紧紧地搂在怀里，确信她没有受伤。

“怎么回事，有人？”格蕾琴问。

“我什么人也没看见，”梅奈尔答道，“但是衣柜不是自己倒下来的！”

艾迪没再追问，可怜的孩子显然是受到一系列事情的惊吓了。

“应该不严重，”格蕾琴说，“我觉得自己锁骨断了。还有，奥黛特也需要照顾。”

梅奈尔轻轻摆脱艾迪的双臂，蹲在坐在地上的奥黛特身旁，用双臂搂住她。

“谢谢，”她低声说，“谢谢你救了我。”

“我不会让那些黑衣男子再把你带走的，梅奈尼。”

“我不是梅奈尼，我是梅奈尔，你的侄孙女。你才是梅奈尼。”

第十二章

真实的经过

马尼埃蜷缩在梅奈尔的膝盖上发出呼噜声。格蕾琴躺在长沙发上休息，她并没有睡着。艾迪往她的杯里倒了些茶水。

“你确定没事吗？”她问。

格蕾琴闭着双眼，抱怨起来。

“二十分钟前你刚刚问过我！不就是骨折了吗！咱能不能别那么小题大做的？”

“梅奈尼现在怎么样？”梅奈尔问。

“有点儿复杂……”艾迪回答说，“目前她还在医院，有人照顾着。”

“但是我们不能把她关起来吧？这可真是太不公平了！”

“你也知道你姨外婆还是……”

“完全疯了，”格蕾琴打断说，“疯疯癫癫，头脑不清醒，一团糟！”

“别那么夸张！”艾迪不满道。

“哪儿夸张了？”格蕾琴答道，“精神科医师解释得很清楚，她现在患有双重人格！”

“我还没完全明白，”梅奈尔说，“那里夏尔上校怎么说？”

艾迪试着用最简单的语言把她理解的宪兵队上校所说的话进行总结。

当被告知那天夜里所发生的一系列悲惨的事，再和先前的事件联系起来，里夏尔上校重现了梅奈尼可能的不平凡经历。科蒂尼亚克疗养院的邦唐先生也提供了一些缺失信息的细节。很明显，他并没有觉得自己有什么过错，而且他的确也没有做什么。他的父亲阿里斯蒂德·邦唐本应前往司法机关做些说明。既然他已经不在，维克多·德·阿维庸也已去世，现在没有任何人是该受到法律制裁的。

邦唐先生继承了收容所，当然还有梅奈尼。维克多会定期付钱让他继续收留梅奈尼，他为什么不那么做呢？梅奈尼跟其他病人一样被照料得很好，收容所所有的人都能证明。总的来说，她也没有制造什么麻烦，但一些暴风雨来临的夜晚除外。这些时候她会变成另一种人格。事实上，她会重新变成原来的自己：内心恐惧的女孩被带到离家很远的地方。暴风雨过后，她什么都不记得，

或者更确切地说，她觉得看到的另一个梅奈尼，就是她本人，一个内心绝望请求来人带她回去的女孩。

癫狂使她相信自己就是奥黛特，那位最后在身边照顾她的人，那位可能唯一对她还有所关照和慈爱的人。极具讽刺意味的是，在收容所她就是以奥黛特·迪朗的名字注册的，维克多真是开了个奇怪的玩笑。当然，这也就是阿里斯蒂德·邦唐先生做错而受到批评的地方。在与维克多共同的谋划下，他让人绑架了小姑娘……黑衣男子——收容所的工作人员或者花钱雇的人。这些，小邦唐先生并不知情。不过，他却知道有位寄宿者是维克多·德·阿维庸的女儿。

令真正的奥黛特·加卢瓦女士感到吃惊的那一幕——克拉丽丝与父亲之间的争吵与这一切都息息相关。维克多并不承认如奥黛特所猜想的“谋杀罪”，而是他对梅奈尼所做的一切。他临死前担心自己的女儿未来可能的处境，某种程度上也证实了维克多很关心自己女儿的命运。即便他的所作所为令人恐惧，但他并没有完全抛弃梅奈尼。

得知事情的真相后，克拉丽丝怒火中烧。但与我们所想的相反，她没有把妹妹丢在科蒂尼亚克。她去找过她。对，就是在1987年，维克多去世的那年，克拉丽丝把梅奈尼接了回来。每年她都会支付给疗养院五万法郎，

好让他们保守秘密,即便经理否认这一事实,坚持认为那只是一项慷慨的捐款而已……人们又对梅奈尼做了什么呢?没有人揭露德·阿维庸一家的秘密。此外,梅奈尼疯了,总把自己当作奥黛特·加卢瓦。克拉丽丝因此把她带回庄园,安置在小茅屋里。

福希埃家的女佣布里吉特曾经说过"克拉丽丝每天早上都会出去散步",其实,克拉丽丝是偷偷看自己的妹妹去了。她不知道的是,她的表亲们也经常这么做……他们有更不能说的秘密,他们从没怀疑奥黛特就是梅奈尼。

故事的第二部分从这里开始。克拉丽丝让人把城堡锁上,而表亲们决定回来看看……根据各种猜测,他们发现了梅奈尼,可能就是她把城堡的钥匙给他们的。十几年来他们一直都在窃取城堡里的物品,里面有很多值钱的东西。为了谨慎起见,他们一点儿一点儿地进行。纳塔利勒和阿尔弗雷德负责把东西偷出来,而贝阿特丽丝负责变卖物品和家具。但是纳塔利勒和阿尔弗雷德真正惦记的是玛丽亚娜的珠宝。在一个暴风雨的夜里,纳塔利勒确信奥黛特知道珠宝藏在何处。他并不知道那些珠宝与梅奈尼有何关系,而梅奈尼也不会知道珠宝到底在哪儿!

然后,克拉丽丝去世,梅奈尔和两位监护人来到城

堡并发现有人行窃。为了转移视线，可能还因为贝阿特丽丝是他们“三人行窃集团”的薄弱环节，兄弟俩决定把她除掉。我们永远也不会知道到底是谁把贝阿特丽丝杀害的。

看到又是一个暴风雨的晚上，兄弟俩不顾危险来到城堡，他们深信奥黛特最终会说出珠宝的下落……贪婪使他们连命都丢了。

但里夏尔上校和他的专家团队所不能解释的是，女式衣柜是如何倒下并砸死纳塔利勒的。一阵风？应该不可能。纳塔利勒应该能把衣柜翻过来？难以置信。到底是怎么回事？

“我知道自己看到了什么，”梅奈尔说，“有人把它推倒了！”

“*你所看到的*……”格蕾琴回答，“其实就是你什么人也没看见！”

梅奈尔耸耸肩，她还能说什么呢？

“为什么不让梅奈尼姨外婆继续待在小茅屋里？她在那儿生活了十三年，说明她完全有自理能力。我们可以让布里吉特时不时去看看她，以便确认她一切都好。我们也可以自己去！”

“是个好主意，”艾迪赞同道，“即便她自以为是奥黛特，也能够照顾好自己！”

“那就应该把小茅屋好好儿收拾收拾，”格蕾琴说，“太寒酸了！还得给她点儿钱，她也有权分得遗产！”

“这可得由法院来决定了。”艾迪答道。

“最可笑的是，”格蕾琴说，“我们永远也不会找到珠宝了！天知道克拉丽丝把它们弄哪儿去了！”

“这很简单。”梅奈尔说。

格朗蒂埃姐妹俩朝梅奈尔转过身去。

“你又有什么想法？”格蕾琴叫道。

“奥黛特·加卢瓦，”梅奈尔说，“你们还记得她曾说过，克拉丽丝夺过珠宝后对父亲维克多说，‘这些东西，我发誓会让你带着它们一起下地狱！’”

“那又怎样？”艾迪问，“她很生气，这很正常啊！”

“她可能是很生气，”梅奈尔说，“但是她已经想好了。她会把玛丽亚娜的珠宝跟维克多葬在一起！”

“在他棺材里？”格蕾琴问，“哎呀！她说得还真有道理，这小家伙！”

“是，不过我可不想打开他的坟墓去核实！”艾迪回答说，“快点儿换个话题！对了，我去把照片拿过来，我们还没有看呢！”

“有我的吗？”梅奈尔问。

艾迪把放在橱子里的三个信封拿过来。梅奈尔小心翼翼地把椅子向桌子旁移了移，好不打扰到熟睡的猫咪

马尼埃。格蕾琴站起来坐到她身边。

“这是格蕾琴的。”艾迪一边说一边把一小包东西推给格蕾琴。

“我们从梅奈尔的照片开始看吧，”格蕾琴建议说，“啊！第一张不错！景色很美……贝尔内教堂！艾迪，你觉得怎么样？”

“很有希望在《国家地理》上发表！”

梅奈尔的脸刷的一下变红，幻想自己以后就是职业摄影师了。

“这张是什么？”格蕾琴问。

她们三个都把身子倾斜看着一张照片，照片中间有一个巨大的黑点儿。

“噢，”梅奈尔说，“我在屋里照了几张照片。但是我没有想到会有闪光灯！这是我在城堡里——就是这张我们看到的，我还照了另一张，没有开闪光灯！哪儿去了？”

“可怜的宝贝，”艾迪回答，“没有闪光灯你什么也照不到，胶片对光线没有那么敏感！我猜照片冲洗店没必要都给洗出来。”

“他肯定洗出来了，那张！”格蕾琴说，“照片冲洗店老板很了解我们的嗜好。他们知道我们都想要，即便是那些不成功的照片！”

梅奈尔开始在一堆照片里乱翻。

"有了！"她叫嚷道，"我找到了！可……"

她红润的脸蛋儿立刻变得苍白。

"什么？"格蕾琴问，"你怎么了？"

艾迪拿过照片，把它放到桌子上。照片颜色很黑，但是能分辨出一些东西：女士衣柜的深色镜框、带柱子的床，当然还有镜子里手拿照相机的梅奈尔的影子。

就在镜子里，梅奈尔的影子旁边，有一位年迈男人的高大侧影。

一个男人在床后注视着孩子。

他用深邃而又锐利的眼睛盯着曾外孙女。

摩　卡

Moka

摩卡，1958年生于法国的勒阿佛尔，毕业于剑桥大学。早期写过一些剧本和小说，于1989年开始从事儿童文学的创作，其作品多带有悬疑和魔幻色彩，文笔轻松幽默，情节曲折生动。摩卡是她的笔名，原名Elvire Murail艾维赫·穆勒，是法国著名儿童作家玛丽–奥德·穆勒的妹妹。姐妹俩的作品风格各异，都广受法国小读者的喜爱。